A LA VILLE

ET

AUX CHAMPS

1827-1875

Nos hæc novimus esse nihil.

(MARTIAL.)

NANCY

IMPRIMERIE BERGER-LEVRAULT ET Cie

11, Rue Jean-Lamour, 11

1876

A LA VILLE

ET

AUX CHAMPS

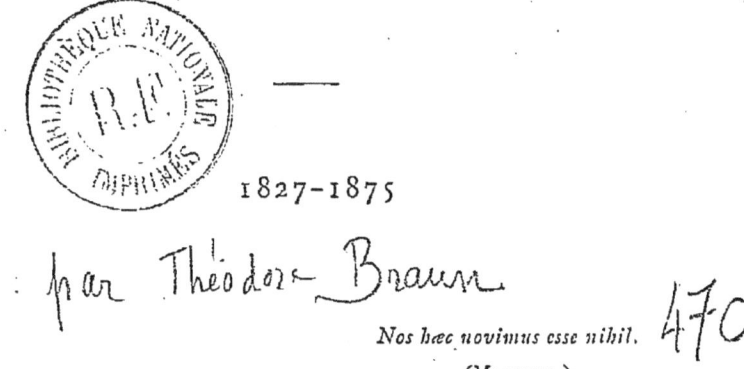

—

1827-1875

par Théodore Braun

Nos hæc novimus esse nihil.
(MARTIAL.)

470

NANCY

IMPRIMERIE BERGER-LEVRAULT ET Cie

11, Rue Jean-Lamour, 11

—

1876

PRÉFACE

Molière fait dire à l'un de ses personnages : « Il est permis d'être quelquefois assez fou pour faire des vers, mais non pas pour vouloir qu'ils soient lus. »

L'auteur a usé de la permission.

Il résiste à la défense pour « ce fagotage de diverses pieces », tiré de ce qu'il pourrait appeler ses *Mémoires chantants d'un demi-siècle*, et auquel il a conservé l'ordre chronologique, voulant aussi « representer le progrez de ses humeurs et qu'on voye chasque piece en sa naissance [1] ».

Son excuse sera dans sa discrète distribution de ce volume, et de ne pas le donner plus gros.

De sa campagne de SCHARRACHBERGHEIM, octobre 1876.

[1] Montaigne.

JE NE VEUX PAS MOURIR ENCORE !

> O Mort, tu peux attendre ; éloigne, éloigne-toi !
> Je ne veux pas mourir encore !
>
> (André CHÉNIER.)

AIR *de la Robe et des Bottes.*

O Mort ! implacable déesse,

Toujours trop prompte à nous frapper,

Voulez-vous donc que ma jeunesse

A vos coups ne puisse échapper ?

A peine finit mon aurore,

Et mes jours s'annoncent si beaux !

Je ne veux pas mourir encore :

O Mort, éloignez votre faux !

Dites-moi quelle humeur chagrine

Vous fait sur moi jeter les yeux ?

Pourquoi ce feu dont ma poitrine

Subit les élans furieux [1] ?

Malgré vous le dieu d'Épidaure

Ne pourra-t-il calmer mes maux ?...

Je ne veux pas mourir encore :

O Mort, éloignez votre faux !

Les jours que le destin nous donne

Bien plus nombreux m'étaient promis.

Pourquoi vouloir que j'abandonne

Et mes chansons, et mes amis ?

Et ces vins que l'été colore

Au penchant de nos verts coteaux ?...

Je ne veux pas mourir encore :

O Mort, éloignez votre faux !

---

[1]. L'auteur, alors avocat stagiaire et qui venait de débuter plus active-
ment dans le monde qu'au barreau, avait trop dansé pendant l'hiver de
1826 à 1827.

Inconnu faut-il disparaître,
Moi qui veux être illustre un jour ?
Attendez ! la gloire, peut-être,
Me sourira-t-elle à mon tour.
Plus tard, qu'un beau nom me décore,
Alors ouvrez-moi vos tombeaux !...
Je ne veux pas mourir encore :
O Mort, éloignez votre faux !

Je triomphe ! La Mort s'envole !
A moi, mes amis, venez tous !
Soixante ans, — j'en ai sa parole, —
Je puis encor rire avec vous !
Que notre crainte s'évapore !...
Oh ! pouvoir de mes chants nouveaux !
J'ai dit à la Mort : Pas encore !
Et la Mort éloigne sa faux !

Colmar, avril 1827.

SAINT YVES [1]

*Chanson chantée au banquet de l'Ordre des avocats à la Cour royale
de Colmar, du 19 mai 1828.*

Air : *Amis, voici la riante semaine.*

Si, franchissant les célestes barrières
Où le plaça le bref de Clément Six,
Pour voir ici de modernes confrères,
Notre patron quittait le paradis,
Jetant sur nous un coup d'œil favorable,
De ses deux doigts il nous bénirait tous,
Et nous dirait, en se mettant à table :
« Bien ! mes enfants, je suis content de vous.

1. Yves de Ker-Martin, canonisé le 19 mai 1347, patron des Avocats ;
le seul Bienheureux que semble avoir fourni le barreau, quoi qu'en dise le
jésuite Roberti. (*Sanctorum quinquaginta jurisperitorum elogia.*)

« Que vos chansons m'inspirent d'allégresse !
Vous chantez mieux que tous nos chérubins...
Pour un moment ma divine tristesse
De l'Élysée a laissé les jardins :
Je suis heureux de dépouiller ma gloire,
De me sentir hors des sacrés verrous !
Vous commencez par me verser à boire :
Bien ! mes enfants, je suis content de vous.

« Quelle ambroisie ! Aux jours de mon jeune âge,
Point n'ai connu *Bordeaux, Aï, Pomard;*
L'humble piquette était notre *Ermitage :*
Heureux mortels d'être venus plus tard !
Qu'à tous vos vins s'anime mon teint blême !
A les goûter l'exercice m'est doux.
Vous buvez mieux que je n'ai bu moi-même :
Bien ! mes enfants, je suis content de vous.

« De notre temps nous étions pauvres hères :
Un avocat se logeait au grenier ;
Si vous saviez de quels tristes confrères
Je fus longtemps le triste bâtonnier !

On nous payait honoraires si minces
Qu'il nous fallait dîner pour quelques sous.
Chez vous, ma foi, ce sont repas de princes !
Bien ! mes enfants, je suis content de vous.

« De vos succès en l'une et l'autre instance,
Mes bons amis, je ne vous parle pas :
Ne mêlons point l'ennui de l'audience
A la gaîté de ce charmant repas.
Assez souvent, à l'olympique étage,
Votre éloquence arrive jusqu'à nous,
Et je vous dis, à travers un nuage :
Bien ! mes enfants, je suis content de vous.

« Je rentre au ciel, car sainte est ma personne,
Bien qu'entre nous, je ne sache pourquoi.
Que tel festin chez vous encor se donne,
Vous y ferez mettre un couvert pour moi.
Au paradis on ne s'amuse guères ;
De vos plaisirs nos saints seraient jaloux ;
Et je répète en vous quittant, confrères :
Bien ! mes enfants, je suis content de vous. »

Pour notre saint, qu'ici je vous rappelle,
Nous n'avons pas un culte assez fervent :
A ce banquet d'union fraternelle,
Asseyons-nous, confrères, plus souvent.
Que tous les ans ce dîner nous attire !
Une fois l'an est-ce trop d'être fous ?
Et chaque fois le patron viendra dire :
« Bien ! mes enfants, je suis content de vous[1]. »

1. L'usage des banquets de la Saint-Yves était presque tombé en désuétude. Ils avaient, à Colmar, une réelle solennité. C'est en présence des chefs à divers degrés de la magistrature locale, invités chaque fois, que l'auteur eut l'honneur de chanter ses couplets.

LE JUGE-AUDITEUR[1]

Air *du vaudeville des Amazones*

M'y voilà ! J'occupe le siége ;

Je suis magistrat ambulant[2].

Un double pouvoir me protége :

Il m'a tenu lieu de talent.

J'avais pour moi Montrouge[3] ; une marquise

Plaidait ma cause auprès de Sa Grandeur[4] ;

---

1. L'auteur, quand il écrivait cette plaisanterie, était loin de se douter qu'il dût, peu de temps après, accepter l'offre la plus bienveillante d'être le collègue des apprentis-magistrats institués par la loi du 30 mars 1808.

2. On reprochait à la loi du 30 mars 1808 d'avoir créé des juges amovibles que le gouvernement pouvait envoyer, subitement et en nombre indéterminé, d'un siége à un autre, pour s'y assurer une majorité. Est-il besoin de dire que cette monstruosité judiciaire ne s'est jamais présentée? Les juges-auditeurs ont été supprimés par la loi du 10 décembre 1830.

3. Où les jésuites, sous la Restauration, avaient un établissement. On leur attribuait une influence politique considérable.

4. On donnait alors ce titre au garde des sceaux de France, ministre de la justice.

Que n'obtient-on par la femme et l'Église !...
Ah ! quel plaisir d'être juge-auditeur !

J'ai vingt-cinq ans, taille élégante ;
Du *de* j'orne un nom roturier ;
Merveilleusement je me gante ;
Je suis excellent cavalier ;
Un art heureux boucle ma chevelure,
Et de mes dents je fais voir la blancheur,
Et je grasseye en disant : « Je vous jure... »
Ah ! quel plaisir d'être juge-auditeur !

Les dons que j'ai reçus pour plaire
Ont ici produit leur effet :
J'ai charmé la femme du maire,
Et la femme du sous-préfet.
En moins haut rang mon heureuse fortune
A supplanté plus d'un premier vainqueur :
Je les séduis toutes, ou blonde, ou brune !...
Ah ! quel plaisir d'être juge-auditeur !

Dans la science des Bartoles

Si je suis encor peu subtil,

Je sais vérifier les rôles

Des registres d'état civil[1] :

On y peut voir que plus d'une petite

Écouta trop la voix d'un séducteur :

— Faust est partout, et partout Marguerite. —

Ah ! quel plaisir d'être juge-auditeur !

Par le feu de mon éloquence

Personne ne sera saisi[2] ;

Mais je soupire la romance

De Plantade et Romagnesi.

Aussi, partout, de me voir, de m'entendre,

On veut de moi le dangereux bonheur ;

Oui, dangereux, beautés au cœur trop tendre...

Ah ! quel plaisir d'être juge-auditeur !

1. On employait, au parquet du procureur du roi, les juges-auditeurs à la vérification annuelle des registres de l'état civil.

2. Les juges-auditeurs remplissaient parfois à l'audience les fonctions du ministère public.

Dieu merci, grâce à bien des brigues,

J'ai mis le pied à l'étrier.

J'attends que les mêmes intrigues

Me fassent nommer conseiller.

Mais jusque-là que quelque main hardie

M'ose hisser à ce poste flatteur,

D'un magistrat je suis la parodie...

Ah ! quel plaisir d'être juge-auditeur !

Colmar, 1828.

ODE A RIEFFENACH [1]

Intende, lætaberis.
(Apulée.)

Carminibus vives tempus in omne meis.
(Ovide.)

> *Le siége où vais être envoyé*[*]
> *N'aura* de moi que la moitié :
> Une part te reste, elle est tienne.
> Je la fie à ton amitié,
> Pour que de l'autre il te souvienne.

(Variante d'une chanson attribuée à Marie Stuart [**].)

I.

Lorsque le mont de feu dont tremble Parthénope

A pendant de longs jours, dans sa vaste enveloppe,

Concentré sa fureur,

De sourds mugissements présagent que prochaine

Est l'heure où le géant à l'infernale haleine

Vomira la terreur.

---

1. M. Philippe Rieffenach, alors propriétaire de l'hôtel des *Deux-Clefs*, à Colmar : Dignité dans la politesse de l'accueil et du service ; entente profonde de l'art de la cuisine, dont il se réservait encore l'exercice personnel pour quelques chefs-d'œuvre. L'un des notables de la cité. Électeur-éligible, etc., etc.

[*] Voir la note 1, page 8.

[**] Voir la note 1 à la fin du volume.

L'air s'enflamme bientôt de la foudre liquide ;
Des rougeâtres torrents de la lave rapide
   Le rivage se teint ;
Mais l'ire du volcan avec elle s'envole,
Et le pêcheur revient chanter sa barcarolle
   Au pied du mont éteint.

Ainsi, lorsque, parfois, ma Muse aventureuse
A laissé trop longtemps sa voix impétueuse
   Retenir ses accords,
Des sons entrecoupés annoncent son délire,
Précurseurs vagabonds des mots qu'elle va dire
   En lyriques trésors.

Puis, elle vient, l'œil vif, la gorge palpitante ;
Elle jette à mon luth, comme en lave chantante,
   Mes vers, toujours plus beaux,
Et, quand elle suspend l'harmonieux effluve,
Pour plus ou moins de temps, comme fait le Vésuve,
   Rentre dans son repos...

La voilà !... Muse, viens ! Le sujet que j'aborde
Veut être célébré sur ma plus noble corde ;
   Viens ! Donne-lui des sons

Tels qu'il n'en soit pas même aux plus illustres lyres !
Les plus beaux que je puisse, ô Muse qui m'inspires,
Devoir à tes leçons !

L'homme dont j'ai besoin de dire la louange,
Le héros que, dans ceux qu'on nomme ainsi, je range
Aux plus illustres rangs,
N'est pas de ces mortels que leur seule naissance,
Ou d'empressés flatteurs la basse complaisance,
Au monde dise grands.

II.

Depuis longtemps je veux, nourri de ta cuisine,
A ton nom, Rieffenach, faire prendre racine
Pour la postérité,
Et de tes longs menus admirant l'art immense,
Mon génie, étonné, préparait en silence
Ton immortalité.

Je la fonde aujourd'hui, brillante, impérissable ;
Reposant sur le roc, et non pas sur le sable ;
Sur l'airain de mes vers !

Et quand j'aurai chanté, je suspendrai ma lyre :
A quoi prétendrait-elle après l'honneur de dire
   Ta gloire à l'univers ?

Qu'on cesse de vanter les amants de Bellone !
Le lustre, ô noble ami ! que ton grand art te donne
   Vaut celui des guerriers :
Les héros les plus vains de belliqueux trophées
Verraient, devant l'éclat de tes dindes truffées,
   Pâlir tous leurs lauriers.

Souvent, au doux aspect de ta table embaumée,
A l'enivrant parfum que répand la fumée
   De tes mets délicats,
Comme en un saint respect, je demeure immobile,
Et, d'un œil recueilli, je contemple la file
   Et le luxe des plats.

Et l'on voit radier mon humide prunelle ;
Mon cœur s'épanouit, et ma joie étincelle
   En mille traits heureux ;
Je savoure longtemps chacun de tes services,
Et j'annonce la fin de mes doux sacrifices
   Par des refrains joyeux.

Inspiré par les sucs dont le feu m'aiguillonne,

Au moment du dessert je vote une couronne

Au précieux mortel

Qui dans tant de chefs-d'œuvre, et toujours plus habile,

Dispense les coulis, et le beurre, et l'huile[1],

Et le poivre, et le sel !

Ah ! je n'en doute pas, si le sort t'eût fait naître

Au temps où des Romains on voyait disparaître

Les anciennes vertus,

S'il t'eût fait maître-queux du vainqueur de Tigrane,

Lucullus eût, toujours, au salon de Diane

Soupé chez Lucullus[2].

---

1. Le mot *huile* n'a que deux syllabes :

> Venez : de l'huile sainte il faut vous consacrer....
> Le grand-prêtre a sur lui répandu l'huile sainte.   (RACINE.)

L'auteur le rend plus onctueux en lui en donnant trois, avec temps d'arrêt sur la seconde. La poésie a ses licences, et le sujet doit autoriser celle-ci.

2. C'est au salon d'Apollon que Lucullus soupait chez Lucullus. Ses menus étaient encore assez bons au salon de Diane, pour que l'inexactitude historique de cette strophe ne puisse pas être considérée comme injurieuse au talent du grand artiste dont l'ode tout entière consacre la gloire. Berchoux avait déjà dit, parlant de Lucullus :

> *Je ne vois point en lui le vainqueur de Tigrane,*
> *Mais l'illustre gourmand du salon de Diane.*

Il est vrai que, comme pour s'excuser de la substitution de l'une des deux salles à l'autre, il ajoute en note : On faisait très-grande chère *aussi*, dans le salon de Diane.

Mais si les seuls feuillets de l'équitable histoire
Attestaient aujourd'hui la grandeur de ta gloire,
      Incrédules lecteurs
Du latin qui dirait tes prodiges antiques,
Oui ! nous en traiterions les récits véridiques
      De contes imposteurs.

Qui parle de Vatel ? Cette triste victime
Expia, c'est connu, par un trépas sublime
      Un revers passager ;
Mais s'il eut le talent, il manqua du courage
Et du coup d'œil profond qui prévoit de l'orage
      L'approche et le danger.

Qu'auprès de toi Vatel fut l'artiste ordinaire !
Qu'avec plus de succès on t'eût vu satisfaire
      D'augustes appétits !
Tu n'aurais pas eu, non ! à la fête royale,
Cette honte à cacher dans la nuit infernale :
      Deux tables sans rôtis !!

Nous sommes près encor de ce temps *déplorable*[1],
Où des ministres-rois excitaient par la table

---

1. L'épithète fut donnée au ministère Villèle dans l'adresse de la Chambre des députés, en 1827.

Le chœur qui soutenait,
— Comparses-députés façonnés à ce zèle, —
A des signaux connus, Frayssinous ou Villèle,
Corbière ou Peyronnet.

Mais, avec leurs travaux, s'accroissait l'exigence
Des braves qu'on s'était adjoints dans la défense
Du trône et de l'autel ;
Vainement, pour leur faim sans cesse renaissante,
Piet[1] prodiguait-il l'or à la main faiblissante
De son maître d'hôtel ;

L'artiste, fatigué, perdit l'art de leur plaire ;
D'un pouvoir de sept ans Villèle, avec colère,
Prévit le jour dernier :
Le Centre refusa ses votes à Villèle,
Qui ne put retenir la phalange infidèle,
Faute d'un cuisinier.

Si l'on t'avait connu, c'est bien à toi, grand homme,
Que du soin de nourrir la Chambre gastronome
On s'en serait remis ;

1. Député qu'on disait chargé de tenir table ouverte pour ses collègues du centre, vu l'impossibilité pour les ministres eux-mêmes de leur donner tous les jours à dîner.

Mais près de tes fourneaux combinant tes épices,
Ta criminelle main les eût faites complices
    Des maux de ton pays.

Et puis, sois-en certain, un jour, l'ingratitude
Eût payé tes travaux, fruits d'une longue étude
    Et de veilles sans fin :
Comme le vent des cours, le vent des ministères
N'assure à leurs appuis que faveurs éphémères
    Et qu'un frêle destin.

Ton sort est plus heureux sur la scène moins grande
Où, dans toi, chaque jour, une foule gourmande,
    Pressée en tes salons,
Encense d'un grand art le pontife modèle
En te voyant franchir de son immense échelle
    Les plus hauts échelons...

Il trouve, ce grand art, des indifférents, maître !
Du mérite des mets tout mortel ne peut naître
    Infaillible jugeur :
Si son astre en naissant ne l'a fait gastromane,
Pour lui Comus est sourd, et Comus le condamne
    A n'être qu'un mangeur.

Tel, naguère, apparut un fameux capitaine ;
Il surpassa tous ceux que la grandeur romaine
      Nous ait jamais offerts ;
Des rangs de nos soldats s'élançant sur le trône,
Il voulut des rayons de sa vaste couronne
      Embrasser l'univers.

Ses faits ont égalé les faits des plus beaux âges ;
L'histoire du pays, dans ses brillantes pages,
      Voudra les buriner ;
Il n'a manqué qu'un point à son énorme gloire :
Aux jours de son bonheur, ce fils de la victoire
      N'a jamais su dîner !

Cependant, lorsque vint la fortune ennemie,
Quand des trois léopards l'éclatante infamie
      L'enchaîna sur les eaux,
Aux plaisirs inconnus d'un jour de bonne chère,
Il a dû quelquefois sa peine moins amère,
      Et l'oubli de ses maux.

Des parias du goût l'infortune me touche,
Moi qu'a mis la nature, organisant ma bouche,
      Dans ses enfants gâtés ;

Qui, comme à ton honneur, semble avoir reçu d'elle
Le sens dont tu me fais une source éternelle
De mille voluptés.

Faveur que le destin va me rendre inutile !
En ne sais quel désert il veut que je m'exile [1],
Loin de tous les plaisirs ;
Si j'y pouvais trouver tes gratins et tes foies,
J'espérerais goûter de passagères joies
Dans mes tristes loisirs.

Mais le sort envers moi comble ses injustices.
Adieu, vous que j'aimais, chers coulis d'écrevisses [2],
Chères têtes de veaux !

1. Voir la note 1, page 8.
2. Le goût de l'auteur pour les coulis d'écrevisses était proverbial.....
parmi ses amis. Aussi, savait-il devoir être compris quand il leur écrivait,
dans une chanson de celles qu'il ne livre pas à la postérité, et dont il faisait
son seul acte de présence à l'un de leurs dîners :

Je vois d'ici la chère succulente
Que Rieffenach apprêta de sa main ;
Ces trente plats, cohorte étincelante,
Qu'il vient offrir à votre heureuse faim.
En connaisseurs savourez ces délices,
Et qu'au milieu de ce festin de roi,
Vous en veniez aux coulis d'écrevisses,
Alors surtout, pensez à moi !

Rôts brillants, dont trop tard j'ai connu le mérite,
Et qui n'offrirez plus à ma bouche proscrite,
      Vos succulents morceaux !

Adieu, toi dont mon cœur garde à jamais l'image !
Si tu trouves tardif mon poétique hommage,
      — Et je ne dis pas non ; —
Du moins, bien pénétré de ma noble entreprise,
Ai-je fait que cette Ode, où je t'immortalise,
      Fût digne de ton nom.

Décembre 1828.

TRISTESSE

Sur la mort de Mlle Émilie G.

A MA BELLE-SŒUR, Mme ÉDOUARD HOFER.

C'était hier ; la nuit sur nous jetait ses voiles ;
    Sa brise m'arrivait ;
Et mon regard errait au milieu des étoiles ;
    Et mon esprit rêvait.
L'une d'elles, quittant sa fixité première,
    Sur les autres glissa
En laissant après elle un sillon de lumière,
    Et, bientôt, s'effaça.

Et cette étoile-là, c'était la plus brillante
    Entre toutes ses sœurs ;
Nulle autre ne jetait, de la voûte éclatante,
    De plus vives lueurs ;

Et quand elle eut passé, cette étoile si belle,
    A mes yeux attristés
Il sembla que le ciel, désormais privé d'elle,
    N'avait plus de clartés.

Ainsi, le même soir, aux bras de sa famille
    Qui pour elle priait,
S'éteignait, avant l'heure, une adorable fille
    A qui tout souriait.
Nulle avec plus d'attraits ne commença la vie,
    Avec plus de vertus ;
Et les terrestres biens, que l'homme à l'homme envie,
    Elle les aurait eus.

Un jour, un jour plus tard, elle donnait, heureuse,
    A son ami, sa main ;
Mais pour la pauvre enfant cette veille trompeuse
    N'eut pas de lendemain :
Par un fléau cruel elle était moissonnée,
    Et, pour elle, en linceul
Se changeait tout à coup le voile d'hyménée,
    Et l'autel, en cercueil !

Et moi qui la connus, qui l'avais admirée,
   Lorsque j'appris sa mort,
Mon âme de douleur fut comme déchirée,
   Et je maudis le sort :
Sur cette jeune vie un marbre et sa froidure !
   Et, pour tout l'avenir,
Ne conserver plus rien de l'image si pure,
   Plus rien qu'un souvenir !

       Saverne, août 1854.

LE PHILANTHROPE

> . . . . . Cette philanthropie
> Qui s'en va rabâchant quelque banalité
> Sur l'état des prisons et la pénalité...
>
> . . . .
> Elle, qui ne fait rien pour les honnêtes gens,
> Nous rend aux malfaiteurs, bons, tendres, indulgents.
>
> (Amédée POMMIER.)

AIR : *Faut d'la vertu, pas trop n'en faut.*

Pour la vertu j' n'ai plus qu' dédains :
Je n' respecte et n'aim' qu' les gredins.

Autrefois j' me disais : Christophe,
Par la vertu seule on est grand ;
Faut donc qu' la tienn' soit d' bonne étoffe...
Mais, aujourd'hui, c'est différent :

Pour la vertu j' n'ai plus qu' dédains :
Je n' respecte et n'aim' qu' les gredins.

J' me disais : Quell' carrière affreuse
Que cell' de voleur, d'assassin !...
Mais, l'humanité-z-est heureuse
D'avoir d' ces gueux-là dans son sein.

Pour la vertu j' n'ai plus qu' dédains :
Je n' respecte et n'aim' qu' les gredins.

Les gens qui violent et tuent
Peuv'nt fair' hardiment leurs choux gras :
Tant d' philanthropes s'évertuent
A fair' l' bonheur des scélérats !

Pour la vertu j' n'ai plus qu' dédains :
Je n' respecte et n'aim' qu' les gredins.

Quand la fortun' les abandonne,
Qu' la loi vous les met dans l' pétrin,
J' me dis : Qu'un jour le ciel pardonne
A qui leur fait tant de chagrin !

Pour la vertu j' n'ai plus qu' dédains :
Je n' respecte et n'aim' qu' les gredins.

Et quand j' les vois en Cour d'assises,
J' me dis encor, les yeux mouillés :
Tout ça pour quelqu's personn's d'occises,
Ou pour quelqu's rich's de dépouillés !

Pour la vertu j' n'ai plus qu' dédains :
Je n' respecte et n'aim' qu' les gredins.

Je vous l' demand', s' peut-il qu'un père
Trouv' mal qu' son enfant soit séduit ?
Qu' l'aristocrat' se désespère
De voir son bien un peu réduit ?

Pour la vertu j' n'ai plus qu' dédains :
Je n' respecte et n'aim' qu' les gredins.

Devant l' criminel qu'on opprime,
L'avis de la majorité
C'est qu' l'intérêt soit pour le crime,
L'horreur pour la société.

Pour la vertu j' n'ai plus qu' dédains : ,
Je n' respecte et n'aim' qu' les gredins.

A cett' maxime concluante
, Le jury ne fait pas défaut :
La circonstance atténuante,
Chez lui, va son train comme il faut.

Pour la vertu j' n'ai plus qu' dédains :
Je n' respecte et n'aim' qu' les gredins.

Ou, si, pour quelques peccadilles,
Mon bonhomme, il te dit : « Holà ! »
Va bien tranquill' derrièr' tes grilles :
. Le philanthrope est toujours là.

Pour la vertu j' n'ai plus qu' dédains :
Je n' respecte et n'aim' qu' les gredins.

Faut pas qu' ta peine t'embarrasse ;
Comm' le philanthrop' sois rusé ;
Fais bien l' caffard, et pour la grâce
Bientôt tu seras proposé.

Pour la vertu j' n'ai plus qu' dédains :
Je n' respecte et n'aim' qu' les gredins.

S'il faut qu'tu fass's ta peine entière,
Que ça n' t'inquièt' pas grandement ;
On s'efforç'ra de tout' manière
De réduir' ton désagrément.

Pour la vertu j' n'ai plus qu' dédains :
Je n' respecte et n'aim' qu' les gredins.

De l'argent des contribuables
Logé, nourri, chauffé, vêtu,
Tu s'ras mieux que les pauvres diables
Qui souffrent victim's d' leur vertu.

Pour la vertu j' n'ai plus qu' dédains :
Je n' respecte et n'aim' qu' les gredins.

Des condamnés l' mérit' me gagne ;
Dans les philanthrop's j' me suis mis ;
C' n'est plus qu' dans les prisons, au bagne,
Que je compt' prendre mes amis.

Pour la vertu j' n'ai plus qu' dédains :
Je n' respecte et n'aim' qu' les gredins.

Et puis, je l' sais d' fameuse source,
Philanthrop' c'est un bon métier ;
J' vas donc tâcher d' remplir ma bourse,
Tout en disant m' sacrifier.

Pour la vertu j' n'ai plus qu' dédains :
Je n' respecte et n'aim' qu' les gredins.

Colmar, 1836.

NOTRE AMI RIEFF

*Chanson chantée au dîner d'adieu que donnait à ses amis
M. Charles Rieff, procureur du roi à Colmar, nommé avocat général à Nîmes.*

(2 août 1836)

„Air *d'Aristippe.*

Oui, j'applaudis à cette heureuse ivresse :
Que votre joie éclate en libres sons !
Ne songez pas à l'heure qui vous presse !
Versez les vins ! Entonnez les chansons !
Vous avez tous grands verres, voix sonore ;
Belle est la fête, amis ; prolongez-la !
L'illusion vous le permet encore :
      Notre ami Rieff est toujours là !

L'illusion? Non! Trêve aux heures folles!
Non! A mon vin s'est mélangé du fiel :
De mon couplet les dernières paroles
Sont, pour nous tous, les trois mots de Daniel.
C'est, comme un jour le fit le saint prophète,
Un dur avis que ma voix formula,
Et je le jette au milieu de la fête :
  Notre ami Rieff est toujours là !

Avec nous, oui, nous le voyons encore,
Amphitryon de ce brillant repas ;
Mais que deux fois ait reparu l'aurore,
Et loin, bien loin nous le saurons, hélas!
Deux jours passés, en vain notre sourire
Voudra chercher l'ami qu'on exila,
Et notre cœur seul aura droit de dire :
  Notre ami Rieff est toujours là !

Nous le perdons cet aimable convive,
De nos dîners le meilleur bon vivant;

A la gaîté des nôtres la plus vive ;

Au verre vide et rempli si souvent !

Nul n'y rendit nos heures plus heureuses ;

Nul plus que lui ne nous désopila,

Et nous disions, à ses larmes rieuses :

　　Notre ami Rieff est toujours là !

Va, Rieff, prouver à la Gaule lointaine,

Qui ne suppose en nous qu'un sang tiédi,

Qu'il est brûlant aussi dans notre veine,

Et que notre Est en remontre au Midi !

Apparais-leur sous ta simarre, et parle !

Ils s'écrîront : Il est fort celui-là !

Et nous en chœur : C'est bien là notre Charle !

　　Notre ami Rieff est toujours là !

Mais voudras-tu que chacun de nous pleure

En de longs jours l'ami qu'il perd ici ?

Non, non ! Bientôt fais qu'elle arrive l'heure

Où tu viendras dire : « Me revoici ! »

Nous oublîrons que tu fus infidèle,

Que ton départ un jour nous désola,

Quand je pourrai sonner ce boute-selle :

Notre ami Rieff est toujours là[1] !

1. Sous l'Empire, M. Rieff est revenu à Colmar comme premier président de la Cour d'appel ; il est mort conseiller à la Cour de cassation. Au nombre des amis qui le fêtaient dans ce dîner, étaient, entre autres, M. de Vaulx d'Achy, mort son collègue à la Cour suprême, et M. Mégard, mort premier président de la Cour d'appel de Caen. L'auteur, alors substitut du procureur général, fut nommé procureur du roi en remplacement de M. Rieff.

MEURSAULT ET CHAMBERTIN

A un ancien condisciple bourguignon,
que depuis douze ans je croyais mort, et qui, en m'annonçant sa prochaine visite,
m'envoyait un panier de ses vins.

Mais, est-ce bien du chambertin ?
J'en veux goûter encore,
Pour en être certain.

(*Le Nouveau Seigneur du village,* opéra-comique.)

Qui utuntur vino vetere sapienteis puto.

(Plaute.)

Air : *Du vaudeville de Claudine.*

O jour de trop grande joie !
Sort propice, tu permets
Que dans ma maison je voie
Un bien qui n'y fut jamais !
Es-tu bien sûr que tu veilles,
Cher Moi ? Sûr que, ce matin,
Chez toi, pour toi, ces bouteilles
De meursault, de chambertin ?

Je suis de l'affirmative
Par cette feuille assuré :
Le précieux vin m'arrive
Par roulage accéléré !
Et, — je n'ai pas le délire, —
Du roulier le bulletin
Porte, — parbleu ! je sais lire ! —
Porte : Meursault, chambertin !

C'est bien pour moi qu'est venue
La bourguignonne liqueur
Qui ne m'est encor connue
Que par *le Nouveau Seigneur ;*
Mais, plus heureux dans mon rôle,
Que l'est Monsieur Frontin,
Quand il n'a qu'un vin, le drôle,
J'ai meursault, j'ai chambertin !

Qui peut avoir fait conduire
Ce beau panier jusqu'à moi ?...
Tenterait-on de séduire
Mons le procureur du roi ?

Serait-ce quelque coupable
Qui, par envoi clandestin,
Ferait connaître à ma table,
Et meursault, et chambertin ?

Dieux ! quelle heureuse aventure !
Je m'effarouchais à tort :
Une lettre à signature
D'un ami que j'ai cru mort !
Qui, jadis, fils d'Esculape,
A laissé grec et latin
Pour ne traiter que la grappe
Du meursault, du chambertin !

Mais, ô toi qui me rappelles
Ces temps, déjà reculés,
Où deux Facultés jumelles
Sur leurs bancs nous ont collés,
Pour me remettre en mémoire
Nos jours de commun destin,
Fallait-il me faire boire
Ton meursault, ton chambertin ?

Chez moi, de nos jours d'école
Le souvenir est présent :
Pleins d'Hippocrate et Bartole,
Nous étions vides d'argent ;
Aussi, mon cher camarade,
Jamais *le père Martin*
Ne nous a versé rasade
De meursault, de chambertin.

Mais, avec reconnaissance
Si j'accepte ton envoi,
A ton tour, à ma puissance,
Ressuscité, soumets-toi !
Voici mon réquisitoire :
Voulons qu'en petit festin,
Avec nous tu viennes boire
Ton meursault, ton chambertin.

Colmar, 19 octobre 1836.

LES BOUTEILLES DE RHUM

A MON AMI DÉSIRÉ SCHAEUFFELE *

AIR : *Tout le long de la rivière.*

Ma Muse, nous venons encor
De recevoir un vrai trésor :
Voyez ce cadeau magnifique !
De vieux rhum de la Jamaïque
Douze flacons chez moi remis,
Au nom d'un de mes bons amis !

* Alors pharmacien à Thann (Haut-Rhin) ; docteur ès-sciences ; professeur agrégé à l'École de pharmacie de Strasbourg ; plus tard, successeur de M. Pelletier, à Paris, etc., etc.

Mais cet ami, — c'est une facétie ! —
Ne défend-il pas que je l'en remercie !
Il défend que je l'en remercie !

Quand un présent du meilleur vin,
D'un ami bourguignon me vint[1],
Du moins, sur ma reconnaissance
Ne pesa point cette défense,
Et vous avez, en liberté,
Pour ce premier ami, chanté :
Faudra-t-il donc que je vous licencie,
L'autre défendant que je le remercie ?
Défendant que je le remercie ?

Pour ce second ami j'allais
Vous demander quelques couplets ;
Et quand la langue me démange,
Voilà sa tyrannie étrange
Qui me place dans l'embarras

---

1. Voir la chanson précédente.

Où fut le barbier de Midas !

Il a frappé ma voix d'apoplexie,

En me défendant que je le remercie,

    Défendant que je le remercie.

    Eh bien ! ma Muse, taisons-nous,

    Pour ne pas le mettre en courroux :

    Buvons du punch toute l'année,

    Et faisons, chaque après-dînée,

    Des *gloria* de nos cafés,

    Pour que nos gosiers, échauffés

Et s'enflammant jusqu'à l'esquinancie,

Ne puissent lui dire un : Je te remercie.

    Ne disent pas : Je te remercie.

    Donc, pour lui point ne chanterai ;

    Mais, entre nous, je vous dirai :

    C'est mon ami l'apothicaire,

    Vendant guimauve et capillaire,

    Opopanax et laudanum,

Qui nous régale de ce rhum.

Mais contre moi j'aurais sa pharmacie,

Si je lui disais que je le remercie ;

Si je disais : Je te remercie.

Ainsi, gardez-moi le secret,

Ou mon ami me gronderait.

Je pourrai bientôt, je l'espère,

Aller presser sa main si chère,

Et, sur mon cœur reconnaissant,

L'étouffer presque en l'embrassant :

Peut-être, alors, sa rigueur adoucie,

Enfin permettra que je le remercie ;

Permettra que je le remercie.

Colmar, 4 novembre 1836.

TRENTE ANS!

A MA FEMME

pour l'anniversaire de sa naissance.

(13 décembre 1836)

AIR : *Du vaudeville des Fiancés.*

J'étais, hier, allongé sur ma chaise ;
Dans l'almanach je consultais le temps,
Quand je m'écrie : Oh ! ciel ! demain le treize !
Ma pauvre femme, aurez demain trente ans !
Saturne y met peu de délicatesse ;
Sans dire gare il vous donne, ô douleur !
Un classement de troisième jeunesse !
       Ah ! mon Dieu ! quel malheur !

Eh ! oui ; pour vous, aux dizaines maudites,
Il n'a pas mis le plus petit sursis ;
Il est trop vrai, ma femme, vous naquîtes
Du mois le treize, en l'an mil huit cent six !

On a noté ces deux nombres sinistres,
Et dans mon vers, — que n'est-il un menteur ! —
L'état civil retrouve ses registres :

      Ah ! mon Dieu ! quel malheur !

Déjà bien loin elle a fui, votre enfance,
Avec ses jeux et ses jours tout de miel ;
Puis la jeunesse, âge où l'on a croyance
Que le plaisir naît pour être éternel :
Plus de ces bals où, devant le cortége
Des prétendants à votre jeune cœur,
Vous vous disiez : D'eux tous qui choisirai-je ?...

      Ah ! mon Dieu ! quel malheur !

Sur mes rivaux j'emportai la victoire ;
Je puis le dire avec quelque fierté.
Dans cet assaut, qui ne fut pas sans gloire,
Seul votre époux sur la brèche est resté.
Ils vous aimaient, — vous voit-on sans le faire ? —
Mais leur amour du mien n'eut pas l'ardeur.
La tombe seule en moi le fera taire :

      Ah ! mon Dieu ! quel malheur !

D'autres chagrins s'attachent à votre âge :
Près de sept ans dans l'hymen écoulés,
Sans que son ciel eût pour nous un nuage,
Sans que nos cœurs aient vu leurs feux troublés ;
Et trois enfants plus charmants l'un que l'autre,
De vous, de moi l'orgueil et le bonheur ;
Quel sort, hélas ! pauvre amie, est le vôtre !
   Ah ! mon Dieu ! quel malheur !

Résignez-vous, ma chère trentenaire.
De temps en temps vous entendrez ma voix
Chanter pour vous à votre anniversaire,
Et plaise à Dieu vouloir que, chaque fois,
D'une infortune encore plus complète
Votre mari bénissant la faveur,
Du même ton mon amour vous répète :
   Ah ! mon Dieu ! quel malheur !

Colmar

LE FOU RIRE

Sum petulanti splene cachinno.

(Perse.)

Air : *Maman, mariez-vous.*

Ah! ah! ah! ah! ah! ah!
Oh!... ma rate!...
Elle éclate!
Ah! ah! ah! ah! ah! ah!
Jamais je n'ai ri comm' ça.

Écoutez-moi, s'il vous plaît...
— Une histoire.
A n'y croire! —
Pour plus d'un malin couplet,
C'est bien ce qu'il me fallait!...

Ah ! ah ! ah ! ah ! ah ! ah !
Oh !... ma rate !...
Elle éclate !
Ah ! ah ! ah ! ah ! ah ! ah !
Jamais je n'ai ri comm' ça !

Je sens comme se changer
En gouttières
Mes paupières :
Le rire fait dégorger
Mes pleurs, à tout submerger.

Ah ! ah ! ah ! ah ! ah ! ah !
Oh !... ma rate!...
Elle éclate !
Ah ! ah ! ah ! ah ! ah ! ah !
Jamais je n'ai ri comm' ça !

Figurez-vous donc qu'hier...
Vrai ! j'expire
De ce rire :
Donnez, donnez-moi de l'air,
Ou je meurs, le fait est clair.

Ah ! ah ! ah ! ah ! ah ! ah !
Oh !... ma rate !...
Elle éclate !
Ah ! ah ! ah ! ah ! ah ! ah !
Jamais je n'ai ri comm' ça !

Bref, hier j'avais dîné
Chez... J'enrage !
Mon courage
S'use à ce rire obstiné,
Vrai supplice de damné !

Ah ! ah ! ah ! ah ! ah ! ah !
Oh !... ma rate !...
Elle éclate !
Ah ! ah ! ah ! ah ! ah ! ah !
Jamais je n'ai ri comm' ça !

Ouf !... Il semble qu'à sa fin
L'accès tire :
Je respire !
Vous allez entendre, enfin,
Mon petit conte anodin...

Ah ! ah ! ah ! ah ! ah ! ah !
Oh !... ma rate !...
Elle éclate !
Ah ! ah ! ah ! ah ! ah ! ah !
Jamais je n'ai ri comm' ça !

Je vous disais donc, je crois...
Dieux !... Où suis-je !...
Quel vertige !...
Je sens encore une fois
Le rire étouffer ma voix !

Ah ! ah ! ah ! ah ! ah ! ah !
Oh !... ma rate !...
Elle éclate !
Ah ! ah ! ah ! ah ! ah ! ah !
Jamais je n'ai ri comm' ça !

Contre l'accès sans abri,
Je regrette
Qu'il m'arrête,
Car tous, j'en fais le pari,
Comme moi vous auriez ri.

Ah ! ah ! ah ! ah ! ah ! ah !

Oh !... ma rate !...

Elle éclate !

Ah ! ah ! ah ! ah ! ah ! ah !

Jamais je n'ai ri comm' ça !

Colmar, 12 février 1837.

L'AIMABLE GARNEMENT

AIR : *Dans le service de l'Autriche.*

Un régiment d'infanterie,
Pour le salut de la patrie,
    M'ouvrit ses rangs.
Après quelques mois de service,
Le conscrit avait la malice
    Des vétérans :
J'en ai tant fait, et de toute manière,
Que j'ai laissé les plus forts en arrière.
Aussi, ma foi, de tout le régiment
    Je suis, évidemment,
    Le plus aimable garnement.

D'abord, j'ai fort mauvaise tête,
Et sais bientôt à qui m'embête
    Dire deux mots ;
J'ai fait partir pour chez les mânes,
Deux tambours-majors un peu crânes
    Et trois prévôts :
Que du fourreau sorte le camarade,
Il ne connaît ni stature, ni grade.
Aussi, ma foi, de tout le régiment
    Je suis, évidemment,
    Le plus aimable garnement.

Quant au physique, je m'en vante,
J'ai figure très-séduisante,
    Corps fait au tour.
Comme feu César à la guerre,
Je viens, vois, triomphe à Cythère,
    En un seul jour.
Oh ! les beautés ! Ma prunelle assassine
Et mon bagout, ça vous les embobine
Aussi, ma foi, de tout le régiment
    Je suis, évidemment,
    Le plus aimable garnement.

C'est au bal surtout que je brille,

Dans la valse et dans le quadrille ;

C'est un plaisir !

Si léger je tourne, je chasse,

Je bats l'entrechat, que je passe

Pour un zéphyr.

Raison pourquoi, — conséquences affreuses ! —

A chaque bal je fais vingt malheureuses.

Aussi, ma foi, de tout le régiment

Je suis, évidemment,

Le plus aimable garnement.

Dès qu'un rendez-vous me réclame,

Sur le terrain, près d'une femme,

Au cabaret ;

Nargue des salles de police !

Adieu l'appel et l'exercice !

Je suis tout prêt.

Et que, parfois, au cachot l'on me mette,

Contre mes chefs j'y fais la chansonnette.

Aussi, ma foi, de tout le régiment

Je suis, évidemment,

Le plus aimable garnement.

J'ai mis, pour conquête dernière,
Le grappin sur la cuisinière
         Du colonel :
Quand je quitterai l'uniforme,
C'est dit, avec elle je forme
         Nœud éternel.
Elle a de quoi ; je ferai mes bamboches,
Et mon épouse, en berçant ses mioches,
Répétera : « De tout le régiment
         C'était, évidemment,
         Le plus aimable garnement ! »

                    Colmar, juin 1837.

L'AXIOME

A Mlle JENNY BRET.

Vous demandez ce qu'au savant royaume,
Ma belle enfant, on nomme un Axiome ?
Ce mot, par nous à la Grèce emprunté,
Nous le disons de toute vérité
Dont nul ne doute et n'a jamais douté,
Si bien elle est par elle-même claire.
Ainsi, l'on dit : Le soleil nous éclaire...
Au firmament, le soir, l'étoile luit...
La flamme brûle... Il fait sombre la nuit...
Belle est la rose et doux en est l'arome...
Il est un Dieu dont le nom est béni...
Bonne, charmante, adorable est Jenny...
Voilà, Jenny, ce qu'on nomme Axiome.

Colmar, 3 septembre 1857.

A. Mlle CAROLINE MEYER DE SCHAUENSÉE

Qui me demandait de lui improviser un couplet.

On dit qu'à de belles mortelles
Plus d'un dieu de l'antiquité,
Dans les demeures éternelles
Assura l'immortalité .:
Que possible encor fût la chose,
L'Olympe se disputerait,
— Les dieux, s'entend, — à qui serait
L'auteur de votre apothéose.

Colmar, 1837.

A Mlle CÉCILE BERNIER

Un quatrain ? Vous êtes servie :
Si nous renaissons , si jamais
J'aime encore, je vous promets
L'amour de ma seconde vie.

Colmar, 1837.

CE QUI EST ÉCRIT DERRIÈRE MON PORTRAIT

(22 novembre 1837)

C'est en mil huit cent trente-sept,
Et quand l'automne commençait,
Que par un peintre fort habile,
Henri Lebert, de cette ville [1],
Aux crayons rouge, noir et blanc,
Fut fait ce portrait ressemblant.

D'URBAN il nous offre la tête [2] :
Urban, par goût, était poëte,

1. Voir, sur M. Henri Lebert, Louis SPACH, *Œuvres choisies*, t. II. Paris et Strasbourg, Berger-Levrault, 1866-1871, In-8°.
2. Plusieurs des premières poésies de l'auteur ont été signées DIEUDONNÉ URBAN.

Rimait chansons, mais, par état,
Urban était un magistrat.

URBAN lui fut un nom de guerre...
Autre l'avait-il de son père;
Mais, au bas des vers qu'il faisait,
D'ordinaire il en disposait
Les lettres en cette anagramme.

De ce beau portrait, à sa femme,
Qui Hofer (Cécile) avait nom,
Le vingt-deux novembre il fit don.

Ce jour était son jour de fête,
Et bien fut-elle satisfaite.

Or, peut-être, il arrivera
Que Messire Temps daignera
Respecter ce cadre et son verre,

Partant, le portrait qu'il enserre,
Partant, ces vers au dos écrits [1].

Telles lignes auront ce prix
De fournir à notre chronique
Cette intéressante rubrique :
Qu'en ce siècle, à Colmar, vécut
Ce couple heureux, dont l'amour fut
Cité toujours comme un modèle
D'amour bien tendre et bien fidèle.

Le chroniqueur ajoutera
De multiples *et cætera*,
Pour louer Monsieur et Madame,
Et, décomposant l'anagramme
Voile du nom qu'Urban portait,
Dira ce nom tel qu'il était.

Colmar.

1. Ce portrait a été détruit pendant le bombardement de Strasbourg, par l'un des obus tombés sur l'hôtel qu'habitait l'auteur, et qui en a ravagé trois chambres.

LE CONVIVE DÉVOUÉ

He does not swallow, but he gulps it down.
(William Cowper.)

Air : *Serait-ce l'ami que sans cesse... ?*

Monsieur, prendrez-vous de la soupe ?

— Bien volontiers...

— De ce filet que je découpe [1] ?

— Bien volontiers...

— Je vous conseille ce madère...

— Bien volontiers...

— Redoublez, il fait qu'on digère...

— Bien volontiers...

---

1. Ni l'ordre, ni le service classique d'un beau dîner ne sont observés dans ce menu pantagruélique, que l'auteur ne donne que pour mieux faire ressortir les habitudes, à table et *post prandium*, du convive auquel il fait allusion.

— Pour tous ces hors-d'œuvre un sourire?...

   — Bien volontiers...

— De ce turbot que l'on admire ?...

   — Bien volontiers...

— Ce salmis n'est pas sans mérite...

   — Bien volontiers...

— Par-dessus, un coup de lafitte ?...

   — Bien volontiers...

— Ce vol-au-vent cache merveilles...

   — Bien volontiers...

— Croyez-moi, goûtez ces oreilles...

   — Bien volontiers...

— Une côtelette panée ?...

   — Bien volontiers...

— Puis, un verre de romanée?...

   — Bien volontiers...

— J'oubliais !... Ris à la purée ?...

   — Bien volontiers...

— Dans ces choux la perdrix fourrée ?...

   — Bien volontiers...

— *Bis in idem,* malgré l'adage !...

    — Bien volontiers...

— Savourez-moi cet ermitage !...

    — Bien volontiers...

— Un mot à ces fils de la Bresse ?...

    — Bien volontiers...

— A ces truffes que leur flanc presse ?...

    — Bien volontiers...

— Fouillons encor ! La mine est riche...

    — Bien volontiers...

— Du vin du ministre d'Autriche [1] !...

    — Bien volontiers...

— De ce cuissot ?... De la bécasse ?...

    — Bien volontiers...

— De l'aspic ?... Du pâté d'Alsace ?...

    — Bien volontiers...

— Et ce *Mayence* ?... Et ces salades ?...

    — Bien volontiers...

— Ces crèmes et ces marmelades ?...

    — Bien volontiers...

1. M. de Metternich, propriétaire du Johannisberg.

— Préparez-vous : Le dessert brille !...

   — Bien volontiers...

— Attaquons le vin qui petille !...

   — Bien volontiers...

— Sur tant de douceurs une halte !...

   — Bien volontiers...

— A vous ce vin de Rivesalte !...

   — Bien volontiers...

— Du café comme on n'en boit guère ?...

   — Bien volontiers...

— Et, par-dessus, un petit verre ?...

   — Bien... volontiers...

— Maintenant, quittez votre chaise...

   — Bien... volon...tiers...

— Venez dormir tout à votre aise...

   — Bien... vo...lon...tiers.

       Colmar, 1837.

LES MÉCONNUS

AIR : *Un chanoine de l'Auxerrois.*

Nous voyons de ces mécontents
Qui pensent avoir, à vingt ans,
    Tout l'esprit de la terre,
Disant aux plus forts : « Ote-toi,
Stupide oison ! Ta place à moi,
    Aigle à puissante serre ! »
Voici comme un de ces fous-là,
Un jour, à ses amis parla :
      « Cherchons ailleurs
      Des hommes meilleurs !
    Trouvons une autre sphère !

« Le suicide est séduisant :
A notre tour essayons-en ;
    Depuis longtemps j'y songe.

Ce monde excite le dégoût.
Qu'est-il, en effet, qu'un égout
   Où l'humanité plonge ?
Nos âmes, pour vivre ici-bas,
Sont trop pures : N'hésitons pas !
     Cherchons ailleurs
    Des hommes meilleurs !
   Cette vie est mensonge !

« Nous pouvons bien dire, entre nous,
Messires, que nous sommes tous
   Hommes d'un grand génie ;
Par son éclat, si nous pouvions,
Il est sûr que, tôt, nous verrions
   Toute gloire ternie ;
Mais, dans ce monde biscornu,
Notre mérite est méconnu.
     Cherchons ailleurs
    Des hommes meilleurs,
   Un nom qu'on nous dénie !

« Quels beaux drames nous avons faits !
Quelles passions ! Quels effets
   De meurtre et d'adultère !

Des chefs-d'œuvre valant cent fois
Les avortons nés autrefois
De Racine et Voltaire ;
Et le public a dit pourtant
Que nous n'en savions pas autant !...
Cherchons ailleurs
Des hommes meilleurs
Un plus juste parterre !

« Quand, au milieu d'un genre usé,
Au Salon nous avons posé
Nos toiles admirables,
Qui dans l'art devaient tout changer,
Des gens qui prétendaient juger
En connaisseurs capables,
N'ont-ils pas dit : Celles des vieux
Valent encore beaucoup mieux !
Cherchons ailleurs
Des hommes meilleurs,
Des juges équitables !

« Pour bien administrer l'État,
Qui mieux que nous est en état
De prendre un portefeuille ?

Le peuple, libre et sans impôt,
Par nous aurait sa poule au pot :
   Il sème, qu'il recueille !
Nous régnerions pour le gâter...
De nous l'on ne veut point tâter !
     Cherchons ailleurs
     Des hommes meilleurs,
    Un tyran qui nous veuille !

« Je n'ai pas encore tout dit :
Des gens comme nous sans crédit !
   O fureur impuissante !
Nous ! être obligés de payer
Restaurateur, tailleur, bottier,
   Canaille menaçante !
Et ne savoir quelquefois où
Nous loger, n'ayant pas le sou !
     Cherchons ailleurs
     Des hommes meilleurs,
    Cent mille francs de rente !

« Donc, messires, point de milieu !
Tuons-nous, et, s'il est un Dieu,
   Nous allons le connaître.

Courage ! nos maux sont finis.

Nous ne sommes pas des phénix

Qui risquions de renaître.

Prenons le poison ou le fer,

Et, bravant le ciel et l'enfer,

Cherchons ailleurs

Des hommes meilleurs,

Allons au grand *Peut-être !* »

Et la pléiade disparut ;

Et, bientôt, la foule accourut...

On disait : « Quel dommage !

Ces jeunes gens, ainsi mourir,

Quand si loin ils pouvaient courir ! »

— « Sans doute », fit un sage ;

« Mais, au lieu de mieux travailler,

Leur orgueil leur a fait brailler :

Cherchons ailleurs

Des hommes meilleurs !

Ils partent ? Bon voyage ! »

Colmar, décembre 1837.

COUPLETS

Chantés le 19 février 1838, après le vaudeville Le Coiffeur et le Perruquier, *pour la clôture de représentations dramatiques données, au profit des pauvres, par des amateurs, dans les salons de la préfecture du Haut-Rhin.*

AIR *du vaudeville de Turenne.*

Le directeur d'une timide troupe [1],
En ce moment le perruquier Poudret,
Près de quitter et le sceptre, et la houppe,
Vous dit qu'avant d'abdiquer il voudrait
Avoir de vous un bienveillant arrêt :
Si nous sentons l'amateur d'une lieue,
    Encouragez nos premiers pas ;
    En parlant de nous, n'allez pas
    Dire qu'on vous a fait la queue.

De ce public, que je nous vis fidèle,
L'adieu doit m'être un adieu consolant ;

[1]. L'auteur.

A mes sujets ma fierté paternelle

N'entendra pas contester le talent ;

J'en ai plus d'un que je trouve excellent :

En vous donnant Clainville[1] et sa suivante[2],

  Madelon[3], la jeune Derval[4],

  Et Dumesnil[5], et de Melval[6],

  Je vous ai coiffés, je m'en vante.

En rappelant ma pléiade d'actrices,

Je fais briller mes plus belles couleurs ;

N'oublions pas les modestes services,

Et permettez un mot pour mes acteurs,

Bien qu'éclipsés par des talents meilleurs :

J'en suis content, et ne crains pas qu'on dise,

  Quand on a vu Bertrand[7], Benoît[8] :

  Le public qu'ici l'on reçoit

  Est un public que l'on défrise.

---

1. Mme Bret,
2. Mme Félix Griois, } dans *La Gageure imprévue.*
3. Mlle Léonie de Pellegars, dans *Le Dîner de Madelon.*
4. Mlle Jenny Bret, dans *Les Rivaux d'eux-mêmes.*
5. Mlle Caroline Meyer de Schauensée, dans *La Demoiselle à marier.*
6. Mme Marande, dans *L'Héritière.*
7. M. Sers, capitaine d'état-major, dans *Le Mariage de raison.*
8. M. Félix Griois, architecte du département, dans *Le Dîner de Madelon.*

S'il se pouvait que d'un œil favorable
On refusât de voir notre début,
Du moins l'essai sera-t-il pardonnable
Aux yeux de qui n'en verra que le but :
C'était, au pauvre, un louable tribut.
Lorsque cinq fois dans la bourse commune,

    Grâce à nous, il a pu puiser,
    On ne pourra pas m'accuser
    De faire un pouf à l'infortune.

Dans ces adieux, pour lui, Messieurs, Mesdames,
Je fais encore appel à vos bontés :
— Vous êtes tous si charitables âmes ! —
Dans un moment vous seront présentés
Effets sur vous.

    (Montrant un paquet d'exemplaires de ses couplets :)

    Seront-ils protestés ?
C'est ma chanson en façon de *bank-notes ;*

    A votre caisse escomptez-les :
    Ne me laissez pas ces billets
    Pour en faire des papillotes.

A Mlle CÉCILE BERNIER

Air : *J'en guette un petit de mon âge.*

Quand un nouveau règne s'avance,
Tout un peuple, mis en émoi,
Vers le soleil levant s'élance,
Et, le Roi mort, Vive le Roi !
Près d'une naissante lumière,
Allons vite nous écrier :
Adieu pour Cécile Bernier !
Salut à Madame Rouvière !

Et quand le souverain qui passe
Tint un sceptre qu'il fit bénir,
On veut que le roi nouveau fasse
Pareil au passé l'avenir.

Ainsi que régna la première,
Puisse la seconde régner !
Bonne fut Cécile Bernier ;
Bonne soit Madame Rouvière !

Et quand le nouveau dieu rayonne,
Ses sujets viennent, tour à tour,
Offrir à sa jeune couronne
Leur encens, leurs vœux, leur amour.
Craignons de rester en arrière :
Nous avons tribut à payer
Depuis qu'à Cécile Bernier
Succède Madame Rouvière.

Voici venir, suivant la file,
Deux époux qu'hymen fit heureux,
Qui vous offrent, chère Cécile,
Un cadeau modeste et leurs vœux :
Que votre garde-meuble acquière,
Sans dédain, ce petit panier [1],
Et que, de Cécile Bernier,
Il passe à Madame Rouvière.

1. Un panier à ouvrage en écaille.

Ce cadeau, si mignon, si frêle,
Serait l'emblème bien trompeur
De cette affection fidèle
Que nous avons pour vous au cœur ;
Elle y restera tout entière :
Elle est, — n'allez pas l'oublier ! —
Autant qu'à Cécile Bernier,
Acquise à Madame Rouvière.

A vos amis, à votre Alsace,
On vous enlève pour Paris :
Qu'en vous Paris jamais n'efface
Les souvenirs de ce pays !
Que le jour perde sa lumière
S'il fallait jamais publier
Que pour nous Cécile Bernier
N'est plus dans Madame Rouvière !

15 juin 1838.

A Mlle CAROLINE MEYER DE SCHAUENSÉE

AIR : *J'en guette un petit de mon âge.*

Parmi les dons de mariage
Qu'on vous fait tous les jours plus beaux,
Je glisse, à votre seul usage,
Le plus mince de ces cadeaux.
Faites-lui place, je vous prie,
Dans ceux jusqu'à présent donnés,
Sans trop, pourtant, à ses aînés
Comparer ma *Papeterie*.

De son emploi, je l'imagine,
Vous n'êtes pas instruite encor;
Eh bien! malgré son humble mine,
Ce petit meuble est un trésor :

De cette boîte, si légère,
Sortent tous les secrets du cœur,
Les vôtres seront de bonheur,
Jamais de chagrin, je l'espère.

Ouvrez : Voici cinq intervalles
Où se partage un beau papier,
Qu'en ses cinq formes inégales
L'artiste a pris soin de plier.
Selon qu'heureuse, triste, tendre,
Vous écrirez ou prose, ou vers,
Il faudra des formats divers
Monter l'échelle ou la descendre.

Ma *Papeterie,* à sa base,
Du plus grand papier, à vos yeux,
Pour commencer, offre la case :
Celle des jours délicieux.
Avec une abondance extrême,
Sur ces feuilles vous écrirez,
Quand à vos parents vous direz
Combien votre mari vous aime.

Puis, le second papier que presse
Un compartiment du coffret,
A parler de votre tendresse
A vos amis, se tient tout prêt.
En aurai-je au moins une page
Qui me dise, en vos jours de miel,
Que de mes vœux pour vous le ciel
A reçu le fervent hommage ?

Puis, dans les deux cases suivantes,
Vous pourrez puiser au hasard
Pour les lettres indifférentes
Auxquelles le cœur n'a point part.
Mais aux feuilles ainsi classées
Ne donnez qu'un prudent débit ;
Le cœur bientôt s'y refroidit :
Vous voyez qu'elles sont glacées.

De la case la plus petite
Le papier dira vos malheurs :
« Il pleut... Un orage m'agite...
Mon enfant a versé des pleurs...

Cette nuit, je fus réveillée
Pour avoir, du moins je le croi,
D'une rose senti sous moi,
En dormant, la feuille pliée. »

Voilà, ma chère Caroline,
A quoi servira le cadeau
Que mon amitié vous destine ;
Il est plus utile que beau.
Maint souvenir encor plus digne
De vous être offert, vous viendra...
Croyez-vous qu'on vous aimera
Mieux que ne fait l'ami qui signe ?

15 juin 1838.

COUPLETS

Chantés le 11 février 1839, après la représentation de l'opéra Le Barbier de Séville, *donnée au profit des pauvres, par des amateurs, dans les salons de la préfecture du Haut-Rhin.*

AIR *du vaudeville des Amazones.*

ROSINE [1].

Ici, Messieurs, le *Barbier de Séville,*
Contre l'usage, aujourd'hui finira
Par des couplets sur l'air d'un vaudeville,
Et d'ajouter au célèbre opéra,
Nous l'espérons, on nous pardonnera.
Oui, nous pouvons en être sûrs d'avance,
Notre refrain sera bien écouté,
Car le voici : Payez à l'indigence
Tout le plaisir que vous avez goûté.

1. Mlle Jenny Bret.

MARCELINE [1].

Ce dernier vers paraît-il téméraire,
Et du succès serions-nous trop certains ?
Non ! Franchement nous avons dû vous plaire,
Et si, peut-être, on nous disait trop vains,
De notre orgueil n'accusez que vos mains :
Quand leurs bravos prouvent ce que j'avance,
Notre refrain peut être répété,
Et je vous dis : Payez à l'indigence
Tout le plaisir que vous avez goûté.

ALMAVIVA [2].

J'ai fait un songe ; il était plein d'ivresse :
J'aimais Rosine et j'obtenais sa foi ;
Je l'épousais pour prix de ma tendresse...
Je me réveille... Oh ! moment plein d'effroi !
Je perds Rosine, et je redeviens... moi !...
Quand je déchois de ce bonheur immense,
Que ce me soit, du moins, réalité

1. Mlle Léonie de Pellegars.
2. M. Schaffhauser, surnuméraire des finances.

De voir que vous payiez à l'indigence
Tout le plaisir que vous avez goûté.

BARTHOLO [1].

Vous avez ri des amoureuses flammes
Qui consumaient le pauvre vieux docteur ;
Vous avez ri des tours cruels, infâmes,
Qu'on a joués, coup sur coup, au tuteur,
Et vous étiez tous pour le séducteur...
Eh bien ! Messieurs, je borne ma vengeance
A dire encor ces mots de charité :
Vous avez ri : Payez à l'indigence
Tout le plaisir que vous avez goûté.

FIGARO [2].

Quand, l'an dernier, de pommade tout sale,
Un vieil artiste, un de mes concurrents,
Poudret, enfin, dans cette même salle,
Disait : Donnez pour vos frères souffrants,
Le perruquier obtenait cinq cents francs [3].

1. M. Schultz, l'un des deux substituts de l'auteur.
2. M. Schloesser, professeur de musique à l'école normale primaire.
3. Voir les *Couplets* page 71.

N'aurez-vous pas la même complaisance
Pour le brillant *Barbier de qualité,*
Quand il vous dit : Payez à l'indigence
Tout le plaisir que vous avez goûté?

BASILE[1].

L'auteur m'a fait le maître de Rosine,
— Maître de chant ; d'elle n'eus autre soin ; —
Mais, à m'entendre, on aura, j'imagine,
Dit : « D'un tel maître avait-elle besoin ?
De son élève, ah ! mon Dieu ! qu'il est loin ! »
Sur mon talent je garde le silence ;
Mais je puis bien, quand Rosine a chanté,
Vous dire aussi : Payez à l'indigence
Tout le plaisir que vous avez goûté.

L'ALCADE[2].

Je suis alcade, officier de justice
Et très-expert en fait de jugement :
J'ai tout ouï, tout vu de la coulisse,
Où j'attendais que vînt le dénoûment ;
Or, j'ai trouvé le spectacle charmant.

1. L'auteur.
2. M. le capitaine Sers.

Daignez, Messieurs, confirmer ma sentence,
Dût-elle un peu manquer de vérité,
Et puis, payez, payez à l'indigence
Tout le plaisir que vous avez goûté.

LE NOTAIRE [1].

Un dernier mot, celui-ci, du notaire :
Messieurs, avant qu'on baisse le rideau,
Permettez-moi, devant tout le parterre,
De minuter un acte tout nouveau ;
Je n'en aurai jamais fait de plus beau :
Par-devant moi, Folie et Bienfaisance
Ont entendu ce qui suit arrêter,
Qu'icelle, ici, paîrait à l'indigence
Tout le plaisir que l'autre y fit goûter.

1. M. Chassan, avocat général.

SIC ME SERVAVIT APOLLO

(8 septembre 1839)

Quam pene furvæ regna Proserpinæ,
Et judicantem vidimus Æacum !

(HORACE.)

AIR *du vaudeville du Jaloux malade.*

On n'a pas trompé votre oreille,
Mes amis, le fait est certain,
Et si je vis c'est bien merveille ;
J'ai failli mourir ce matin :
Du grand faucheur la main avide
Sur moi leva son instrument ;
Mais il a frappé dans le vide...
Je vis encore, heureusement !

Que je vous raconte la chose :
Ce matin, vers mon cabinet
Où, le dimanche, il se repose,
Mon pauvre Moi s'acheminait,
— C'est temps pour lui si plein de charme
Que tout un jour d'isolement ! —
Quand un effroyable vacarme...
Je vis encore, heureusement !

Je venais avec le sourire ;
Il dura peu. Je touche au seuil,
Et, là, toute ma joie expire :
Je prévois un immense deuil.
Un gros flot de poussière blanche
Tournoie en mon appartement ;
Je sens que meurt mon cher dimanche...
Je vis encore, heureusement !

Les grains que roule ce nuage
Blessent d'abord mes yeux surpris ;
Il leur cache un affreux ravage ;
Et mes pieds heurtent des débris ;

Et quand la vérité m'arrive,
A travers maint clignotement,
Mon corps croit que d'âme on le prive...
Je vis encore, heureusement !

A l'instant même, masse énorme,
La foudre, en mon séjour de paix,
Venait de tomber sous la forme
D'un plafond lourd, immense, épais ;
Des carreaux qu'elle a fait descendre
Tout mon cabinet est fumant :
C'est un autre Ilion en cendre !...
Je vis encore, heureusement !

Voyez à quel danger j'échappe :
Sur le fauteuil où je m'assieds,
Du plafond une large nappe
Me couvrait de la tête aux pieds,
Si, manquant à mon habitude,
J'avais voulu trop promptement
Quitter le repos pour l'étude...
Je vis encore, heureusement !

Je vois de la plâtreuse foudre
Mes papiers, mes livres couverts ;
Mon écritoire est mise en poudre ;
Je ne retrouve plus mes vers !!
Vous attendiez, race future,
Mon poétique enfantement...
Ne craignez rien de l'aventure :
Je vis encore, heureusement !

Loin des débris de la débâcle,
Tremblant encor, je fuis aux champs ;
Je suis sauvé par un miracle,
Il est bien digne de mes chants ;
J'arrive, et je trace sur l'heure
Le récit de l'événement ;
Mais, pour une chanson meilleure,
Je vis encore, heureusement !

Luttenbach, vallée de Munster (Haut-Rhin),
le soir de l'événement.

A MON AMI VALENTIN MEYER[1]

Tale facis carmen, docta testudine, quale
Cynthius impositis temperat articulis.

(PROPERCE.)

Je ne fus jamais idyllique ;
Je n'aime bergers ni troupeaux,
Et pour un chant mélancolique,
Jamais je n'enflai des pipeaux.

Mon luth jamais ne put s'entendre
A parler ironiquement ;
Triste ou gai, satirique ou tendre,
Le vers, chez moi, jamais ne ment.

---

1. M. Meyer, que je venais de quitter, m'envoyait, pendant un orage survenu tout à coup, et par une pluie battante, une charmante improvisation en forme d'idylle, m'invitant à l'accompagner, à pied, (Mulhouse n'avait pas encore de fiacres), jusqu'aux établissements de MM. Dollfus-Mieg, à Dornach, où il avait à regagner son bureau.

Jamais, chez moi, d'allégorie,
D'apologue au malin détour :
Quand ma muse veut que je rie,
C'est aux éclats, c'est au grand jour.

La folle est toute positive ;
Elle traduit ce que je sens ;
Jamais une courbe craintive
De ses mots n'éloigne le sens.

Mais toi, poëte mon émule,
Qui mon maître as souvent marché,
Tu connais l'art qui dissimule
Un sens sous un autre caché.

A toi donc de gaîment maudire
Les oracles de l'almanach,
Et, par un tel temps, de me dire :
« Allons de Mulhouse à Dornach ! »

A ta muse capricieuse
D'avoir su m'écrire cela,
Sous une image gracieuse
Que pour moi ta main modela.

D'abord, abusé par ton style,
Je crois lire un Gessner français ;
Mais l'erreur est courte : L'idylle
Au ciel ose faire procès !

Cependant je t'admire encore,
Et, grâce à tes jolis couplets,
Sans doute, à la nouvelle aurore,
Nous allons voir des cieux moins laids.

Qu'à nouveau le soleil rayonne,
Dardant sur nous ses flèches d'or,
Moins belles en ce temps d'automne,
Cependant bien belles encor ;

Et qu'à midi succède une heure,
Ton portier, peut-être endormi,
A la porte de ta demeure
Me réentendra, mon ami.

Et puis, tu tiendras prête encore
Double part du grain parfumé
Qu'un feu prudent lentement dore,
Dans un cylindre renfermé.

De ta femme la main charmante,
Sur ce grain en poudre réduit,
Aura versé l'onde fumante,
Et le nectar sera produit.

Et puis, — le trio, ce me semble,
Doit être d'un bien bel effet, —
Nous rebavarderons ensemble,
Comme aujourd'hui nous l'avons fait.

Alors, quand l'horloge importune
Pour ton départ aura tinté,
Jusqu'aux lieux de ton infortune
Tu me verras à ton côté ;

Jusqu'au seuil du comptoir où s'use
Le plus beau temps de ton été,
Où jamais produit d'une muse
N'aurait chance d'être coté ;

Où ton esprit, qui ne peut vivre
Qu'aux poétiques régions,
Vient s'affaisser sur le grand-livre
Et mourir aux additions ;

Où cet être que la nature
A voulu nous montrer si grand,
L'homme, est au joug de la facture,
Aux liens du compte-courant !

Mais aujourd'hui, par cet orage,
Malgré tes vers je te dirai :
De Dornach fais seul le voyage,
Je suis chez moi, j'y resterai.

Mulhouse, 4 octobre 1839.

LE CAFÉ DOMESTIQUE

AIR : *Un homme pour faire un tableau.*

Cher café, grain si précieux,
Qu'en un jour d'extrême tendresse
A la terre ont donné les cieux,
C'est à toi que ce chant s'adresse.
Sur divers tons, bien avant moi,
L'on a dit ta vertu magique :
Moi, mon ami, je veux, en toi,
Chanter le café domestique.

Depuis longtemps j'abandonnai
Les lieux où la foule t'adore,
Ces temples au fronton orné
De ton nom pris par métaphore.

Mais, pour un culte plus fervent,
Chez moi ta poudre s'alambique,
Et je t'y sers mieux, en buvant
Mon heureux café domestique.

Ma femme me le fait si bon !...
Quand sa cafetière emprisonne
Moka, Martinique ou *Bourbon,*
— Selon les jours, — mon front rayonne :
L'eau passe... On me verse !... Aussitôt,
Par contraire effet électrique,
Mon nez s'ouvre, mon œil se clôt
Devant mon café domestique.

Remis de mon saisissement,
Je procède par cuillerées,
Et savoure, bien lentement,
La liqueur aux teintes dorées.
Dans ses reflets, de temps en temps
Quelque signe cabalistique
Me dit que je vivrai cent ans,
Grâce à mon café domestique.

Oh ! non, je ne me trompe pas,
Ma vie à son feu se retrempe ;
Le café ralentit les pas
De qui du temps descend la rampe.
Pour l'humaine longévité,
Dans la médicale boutique,
Il n'est pas d'élixir vanté
Qui vaille un café domestique.

Et si l'on applaudit parfois
A mon poétique langage,
C'est que je demande ma voix
A l'incomparable breuvage :
Ma Muse se dilate et rit
Quand agit le puissant tonique,
Et j'ai toujours un peu d'esprit
Après mon café domestique.

Mulhouse, 9 octobre 1839.

MON MANTEAU D'ÉTUDIANT

À MA FEMME

AIR : *Vers le temple de l'hymen.*

I. — *DÉDICACE*

En étalant devant moi
Ce manteau, ma chère amie,
Quand, de ton économie,
J'en sais le prochain emploi,
Tu lui dis : « A mon poëte
Inspire une chansonnette !
A t'écouter je suis prête :
Ton langage ne saurait
Effaroucher ma tendresse.
Cependant, de sa jeunesse
Vieux compagnon, sois discret ! »

Des couplets ? Je t'obéis,

O ma chère curieuse !

Et tu resteras rieuse,

Même les ayant ouïs :

Je n'ai point, de mon jeune âge,

Un compromettant bagage,

Et qui m'y connut, je gage,

De vantard me traiterait,

Au refrain, bonne des bonnes,

Que dans ces mots tu me donnes :

« Vieux compagnon, sois discret ! »

II. — *LA CHANSON*

De la cachette où, longtemps,

Tu crus voir tes Invalides,

T'arrachent des mains avides,

Ami que j'eus à vingt ans !

Sur tes vieux pans on spécule :

Déjà le tailleur calcule ;

Son double tranchant circule,

A te découper tout prêt...
Puisqu'on te fait reparaître,
Toujours fidèle à ton maître,
Vieux compagnon, sois discret !

L'artiste faiseur d'habits
Doit, sagement économe,
Faire, d'un vieux manteau d'homme,
Deux manteaux neufs pour mes fils.
Mais quand de mes jeunes drôles
Tu couvriras les épaules,
Que de tous tes anciens rôles,
Joués dans mon intérêt,
Aucun mot de toi, compère,
N'aille compromettre un père :
Vieux compagnon, sois discret !

Comme, dans les heureux jours
De notre jeune fortune,
Brillait ton étoffe brune
Et ton beau col de velours !

Que ta pose était coquette !
Tu fus pour mainte pauvrette
Le miroir de l'alouette :
Ton éclat les attirait.
A ton faux air de richesse,
J'ai dû plus d'une tendresse...
Vieux compagnon, sois discret !

Mon esprit que, maintenant,
Un prisme riant colore,
Peut te rappeler encore
Plus d'un service éminent ;
Mais je crois qu'il sera sage
De taire sur cette page
Ces souvenirs d'un autre âge :
Pour nous l'hiver apparaît.
Oui, sur de jeunes faiblesses,
Par égard pour nos vieillesses,
Vieux compagnon, sois discret !

Va couvrir mes chers enfants !
Tu les verras, je l'espère,

Ainsi que tu vis leur père,

De te porter, triomphants.

Et quand l'on te rapetisse,

Si, parfois, quelque malice,

Sous tes pans que l'on replisse,

Te demandait le secret,

Eh bien ! joue encor ton rôle :

Sur les péchés de l'école,

Vieux compagnon, sois discret !

Colmar, décembre 1839.

MES OISEAUX ENVOLÉS

Air *d'Aristippe.*

Eh bien ! petits, voici le froid décembre ;
La neige couvre et les champs et les bois ;
Mais vous bravez l'aquilon dans ma chambre,
Et quand, dehors, vos frères sont sans voix,
Grâce à mon feu vous chantez quelquefois.
Heureux oiseaux ! Remerciez le maître
Qui vous gouverne avec tant de bonté :
Je vous écoute. — Ouvre-nous la fenêtre ;
    Mieux vaut encor la liberté !

— Comment, ingrats ! Voilà votre langage ?
Vous oubliez pour vous mes tendres soins ?
Vous voulez fuir de votre heureuse cage ?
De la misère affronter les besoins ?

Trop de bonheur vous pèse, il en faut moins ?
Vous iriez donc grelotter à la bise,
Tout chauds du toit où je vous abritai ?
Qu'y manque-t-il, s'il vous plaît ? Qu'on me dise !
  — Il y manque la liberté !

— La liberté ? Vaine et trompeuse amorce !
Déjà lâchés, pauvrets, je vous vois tous :
Pour vos repas, vous becquetez l'écorce
D'un arbre mort, et, le soir, dans ses trous
Vous vous logez... Petits, vous êtes fous !
Restez ici, tout doit vous y sourire.
Vous vous moquez, Messieurs, en vérité :
Quand on a tout, se peut-il qu'on désire ?
  — Nous n'avons pas la liberté !

— De mes bienfaits faut-il dresser la liste ?
Vous rappeler que, tous les jours, ma main,
Du chènevis, du pavot, de l'alpiste,
Fidèlement vous apporte le grain ?
Du sable frais ? De l'eau pour votre bain ?
De tous vos jours je fais des jours de fêtes.

Dites encor, peuple que j'ai gâté,
L'oiseau des champs vit-il comme vous faites ?
— Non, mais il a la liberté !

Et si l'oiseau, pendant l'hiver, endure
Le froid, la faim, qui n'a pas à souffrir ?
Il se résigne, et, vienne la verdure,
Quel horizon devant lui va s'ouvrir !
Il oublîra qu'il a manqué périr :
A lui le ciel, la plaine, la montagne !
A lui le nid par l'amour habité !...
Ici, tu vois, pas d'air, pas de compagne ;
Maître, ici, pas de liberté !

Et cependant, notre saison première
Les a connus ces jours si fortunés !
Sous les barreaux de ta lourde volière,
Tu le sais bien, nous ne sommes pas nés :
Au piége, un jour, nous fûmes entraînés.
Depuis ce temps, lorsque notre aile plie
Sous le fardeau de la captivité,
Ne pense pas qu'aucun de nous oublie
'Qu'il a perdu la liberté !

Si nous chantons sous le joug qui nous presse,
Toi qui le tiens, tu ne sais pas pourquoi;
Tu prends nos chants pour les chants d'allégresse
D'heureux captifs qui bénissent ta loi...
Si nous chantons, va ! ce n'est pas pour toi.
Fou qui se fie aux chansons de l'esclave !
Pour s'étourdir, s'il a parfois chanté,
C'est qu'il est las de maudire, et qu'il brave
    Celui qui tient sa liberté !

— Peste ! mignons. Vous parlez comme un livre !
Mais ce discours sent le conspirateur.
Dans mes États vous êtes las de vivre ?
Pour vous mon sceptre a trop de pesanteur ?
Eh bien ! partez ! Partez tous ! Serviteur !
J'aime mieux voir votre cage déserte
Qu'être, un seul jour, de despote traité.
Tenez ! Tenez ! La fenêtre est ouverte :
    Reprenez votre liberté !

Colmar, décembre 1839.

PROLOGUE

Pour la reprise des représentations dramatiques données par des amateurs,
au profit des pauvres, dans les salons de la préfecture du Haut-Rhin.

(6 janvier 1840)

> Charité qui réconcilie
> La Richesse et la Pauvreté.
>
> (M. Jean REBOUL.)

Tandis que, là-dedans, *le Barbier* se prépare,
Qu'on frise Almaviva, que Rosine se pare,
Qu'on met à Bàrtholo moustache et cheveux blancs,
Et que, tous, pour paraître Espagnols ressemblants,
Les acteurs, à l'envi, font leur tenue exacte,
Basile, qui n'est pas en scène au premier acte,
Et qui n'a nullement hâte de s'habiller,
Un moment avec vous demande à babiller.

Ne craignez pas de lui que, parlant, il retarde
L'instant, si désiré, des plaisirs qu'on vous garde :

Il faut attendre encor. Quand chaque acteur dira :
« Je suis prêt ! » le rideau pour vous se lèvera.
Jusque-là, croyez-moi, vous n'avez mieux à faire
Qu'à m'écouter. Je veux, d'une importante affaire
Un peu m'entretenir avec vous, qui savez
Quels seront ces plaisirs à vos yeux réservés.

De notre répertoire on connaît le programme :
Le Barbier, opéra [1] ; *Henri Hamelin,* drame ;
De Molière un chef-d'œuvre [2], et quelques-uns des vers
Qu'a faits et qu'a chantés maître Adam, de Nevers,
Adroitement groupés en un gai vaudeville [3] ;
Puis, modeste pendant au *Barbier de Séville,*
Un opéra-comique, œuvre du maëstro
Qui reprend aujourd'hui l'habit de Figaro.
Une dernière pièce, enfin, sera donnée,
Un vaudeville encor : c'est *la Seconde Année,*
Et Scribe en est l'auteur. Partant, quatre lundis,
De vous, — c'est notre espoir, — nous serons applaudis.
Nous avons pris grand soin que, dans cette revue,
Chaque genre, à son tour, s'offrît à votre vue :

1. Déjà donné l'année précédente. (Voir les *Couplets,* page 81.)
2. *Les Femmes savantes.*
3. *Les Chevilles de maître Adam.*

Tous les genres sont bons, hors le genre ennuyeux ;
S'il vous paraît exclu, tout sera pour le mieux.

Or, pour tant de travaux, aucun de vous, je pense,
Ne trouve outrecuidant qu'on veuille récompense ;
Mais, nous le déclarons, nous n'aurions pas assez
Des applaudissements que vous nous dispensez.
Pour nous les refuser vous êtes trop honnêtes,
Et nous vous demandons des recettes plus nettes.
Enfin, disons le mot : Nous voulons DE L'ARGENT.
Pour nous ? Eh ! non, vraiment. Pour qui ? Pour l'indigent.

Deux fois, vous le savez, les jeux de ce théâtre
Ont, un moment, rempli son écuelle et son âtre :
Vous nous avez payé deux modestes chansons
Plus de douze cents francs. Quel prix de joyeux sons[1] !
Vous vous êtes soumis à la pieuse usure
Sans vouloir à vos dons imposer pour mesure
Ou le plus, ou le moins de qualité des vers,
Sinon notre succès se changeait en revers.

Mais on sait qu'en ce monde, hélas ! tout s'use vite ;
Qu'un piége découvert aisément on l'évite ;

1. Les *Couplets*, pages 71 et 81.

Qu'une chose reçue avec transports, jadis,
Ne retrouve, plus tard, que des cœurs attiédis.
La troisième chanson de ces planches partie,
Eût-elle encor chez vous rencontré sympathie?
Si le moyen fut bon une première fois,
Une seconde encore, eût-il été bon trois?

Cependant, cher public, toujours le pauvre souffre.
Il est dans son malheur comme en un vaste gouffre.
Pour en tirer chacun, l'abîme est trop profond ;
Mais si nous ne pouvons descendre jusqu'au fond,
Jetons-y, coup sur coup, quelque planche où s'accroche
Celui dont l'infortune est de nous la plus proche,
Et de plus d'un, hélas ! nous entendons les cris.
Du livre où la Misère inscrivit ses proscrits,
C'est beaucoup d'arracher ne fût-ce qu'une page.
Quand un vaisseau périt, on va, de l'équipage,
Sauver tout ce qu'on peut.

                    Pour de nouveaux secours,
A quel heureux appât faut-il avoir recours?
Pour faire sur vos fonds une utile conquête,
Que vous offrirons-nous ?... Souscription ?... Ou quête ?...
Ou bien chanson encor ?... Pour la sainte moisson,

Nous pourrions réussir chez qui veut la chanson :
Dans notre portefeuille il en est encore une
Qui dìt en bons couplets : Soulagez l'infortune !
Et j'inviterais ceux auxquels elle convient,
A l'entonner toujours sur l'air : *Il m'en souvient.*
Ou qu'à d'autres bons cœurs la souscription plaise,
(Montrant une main de papier in-folio :)
Voici, sur ce papier, de quoi souscrire à l'aise.
Pour ceux sur qui la quête aurait plus de pouvoir,
(Il ouvre, toute large, une grande bourse de quêteuse.)
Je tiens tout prêt ce sac : Ils y feraient pleuvoir
L'argent de leur bienfait.

          Mais, comme Lagingeole,
Au vizir Marécot, dans une pièce folle,
Répète à tout propos : Monsieur, prenez mon ours !
Je vous dis bonnement : Eh! prenez mon discours !
Laissons, et la chanson, et la quête, et la liste !
Je ne le vends qu'un franc ! Se peut-il qu'on résiste ?

Que, tout considéré, chacun s'en tienne là :
Qu'importe de tomber en Charybde ou Scylla ?

Je crois donc avec vous mon affaire assurée:
Pendant le triple entr'acte et pendant la soirée,

Terminons mieux encor : Sur ce joli carnet,

(Il a tiré de sa poche un in-8° très-élégant.)

Inscrivez votre nom, puis, en regard, bien net,
Le chiffre qui, tantôt, dans le salon, me dise
Combien chacun de vous veut de ma marchandise :
Ne la ménagez pas ! La presse, en gémissant,
M'en livra l'exemplaire au nombre dix fois cent...

On donne le signal !... C'est bien trois coups qu'on frappe :
Pour chanter son aubade Almaviva se drape...
Je me sauve... Bientôt, — j'en emporte l'espoir, —
Mesdames et Messieurs, ce livre fera voir
Que je n'ai pas en vain plaidé pour l'indigence.

Ah ! j'oubliais !...

(Tendant le carnet à un compère placé à l'orchestre :)

Monsieur ! Ayez donc l'obligeance
De faire circuler partout ce calepin,
En répétant qu'au pauvre il doit donner du pain.

LA QUÊTE AU BAL

. . . .
Au Riche il donne sa leçon
Et, dans la main du Misérable,
Il met le prix d'une chanson.

(M. Jean Reboul.)

Vite ! la main à l'escarcelle !
Donnez, donnez pour l'indigent !
Donnez ! La quêteuse est bien belle !
Le pauvre a bien besoin d'argent !

Quand la Folie autour de nous agite
Tous ses grelots par l'hiver réveillés,
N'oubliez pas qu'en plus d'un triste gîte,
Par le malheur bien des yeux sont mouillés ;
Dans ces réduits je sais qu'on peut entendre
Les sons lointains du bruit que font vos jeux ;
Eh bien ! qu'il dise au pauvre : On va répandre
Un rayon d'or sur ton front nuageux.

Vite ! la main à l'escarcelle !
Donnez, donnez pour l'indigent !
Donnez ! La quêteuse est bien belle !
Le pauvre a bien besoin d'argent !

Sous bien des toits l'âtre n'a point de flamme
Et la cloison aux coups du vent s'abat ;
La faim aiguise une poignante lame,
Un corps se crispe en l'humide grabat...
Mais vous donnez : Le pauvre a chaude couche,
Le pain arrive au réduit affamé,
Le mur qui tombe est raffermi, la souche
Pétille, ardente, au foyer ranimé.

Vite ! la main à l'escarcelle !
Donnez, donnez pour l'indigent !
Donnez ! La quêteuse est bien belle !
Le pauvre a bien besoin d'argent !

Oh ! je sais bien qu'une voix indigente
Jamais en vain n'implora vos secours ;
Vers le malheur l'aumône intelligente
De votre main s'échappe tous les jours ;

Mais la saison qui ramène vos fêtes
Du pauvre aussi fait les malheurs plus grands ;
Soyez heureux, vous le pouvez, mais faites
Plus larges dons à vos frères souffrants.

Vite ! la main à l'escarcelle !
Donnez, donnez pour l'indigent !
Donnez ! La quêteuse est bien belle !
Le pauvre a bien besoin d'argent !

Et sa misère, eh ! mon Dieu ! que veut-elle ?
Un peu de l'or dont vous êtes couverts ;
Un doigt de moins à la riche dentelle ;
Quelques écus ravis aux tapis verts :
De tous les biens que la fortune donne
Que votre part fasse aux pauvres la leur,
Et donnez vite afin qu'on vous pardonne
Tant de plaisirs vus par tant de malheur.

Vite ! la main à l'escarcelle !
Donnez, donnez pour l'indigent !
Donnez ! La quêteuse est bien belle !
Le pauvre a bien besoin d'argent !

Bien ! je le vois, la quêteuse avec peine
Perce vos rangs pressés et bienfaisants :
Sa riche bourse à l'instant sera pleine ;
Elle s'allonge au poids de vos présents ;
Comme à l'envi, chacun, à ma prière,
Y jette l'or... Pour l'indigent, merci !
Demain, qu'il n'ait, en ouvrant la paupière,
Qu'à bénir ceux qui s'amusent ainsi.

Et j'ai trouvé chacun fidèle
A mon appel pour l'indigent.
Aussi, ma quêteuse est bien belle !
Le pauvre a bien besoin d'argent !

Colmar, janvier 1840.

LE CHASSIS

A Mme ET A Mlles WILHELM

(8 juin 1840)

Air du vaudeville du Jaloux malade.

Devant votre heureuse demeure,
De vous revoir toujours pressé,
Ce matin, vers la huitième heure,
Comme tous les jours, j'ai passé ;
Et, comme tous les jours encore,
· Par mon bonjour j'espérais bien,
Sur vos trois bouches faire éclore
· Mon sourire quotidien.

Que j'aimais ce triple sourire !
Qu'il rayonnait délicieux !
De quelles lèvres puis-je dire
Qu'il s'échappait plus gracieux ?
De celles d'Anna la rieuse ?
De Caroline au front penseur ?
Ou des vôtres, mère pieuse
D'anges dont on vous croit la sœur ?

Comme aux rives orientales,
La plus pure aurore a brillé,
Ce sourire, ô chères rivales !
Brillait sur mon front égayé.
Qui sait ? le rayon salutaire
Quelquefois, peut-être, assurait
Mon indulgence involontaire
Au criminel qu'on me livrait.

Mais, ce matin, à la fenêtre
Où ce sourire était assis,
Où je venais le voir renaître,
S'accrochait un hideux châssis !

Pourquoi donc ces horribles toiles ?
Pourquoi ce rempart devant vous ?
Pourquoi me cacher les étoiles
D'un ciel que je trouvais si doux ?

Vous aurais-je, d'humeur distraite,
Admirateur trop curieux
D'une matinale toilette,
Fait rougir, fait baisser les yeux ?
Mais, en Actéon, que je sache,
Jamais je ne me suis changé
Pour surprendre ce qui se cache
Sous l'art de votre négligé.

Vainement, si je suis coupable,
Dans ma mémoire ai-je cherché
Quel peut être le cas pendable
Où contre vous j'aurais péché.
Pourtant, naguère transparente,
La croisée, opaque aujourd'hui,
Ne me servira plus ma rente :
Mes trois sourires en ont fui !

Eh ! non ! — Voici tout le mystère,
Et j'en suis de joie interdit ;
Pauvre châssis, dans ma colère,
Qu'injustement je t'ai maudit !
Merci, de me faire connaître
Que je dois, au lieu d'attirer
Ces sourires à la fenêtre,
Pour les voir mieux encore, entrer.

Colmar.

LES DEUX DINERS

A Mᵐᵉ WILHELM

(11 juin 1840)

Air *du vaudeville de Claudine.*

Je ne crois pas inutile
Que, vite, il vous soit mandé
Que mes deux *dîners en ville*
Ne m'ont point incommodé.
D'y gagner une gastrite
J'avais eu quelque souci,
Mais pour la peur j'en suis quitte,
Et vais fort bien, Dieu merci !

Dame Sagesse, à l'oreille,
M'avait, à chaque dîner,
Dit ces mots : « Comme l'abeille,
'Il ne faut que butiner. »

La Vieille mythologique
Me faisait bonne leçon,
Et je ne fus qu'éclectique
En nourriture et boisson.

A votre dîner d'une heure,
Outre le potage au riz
Et les asperges au beurre,
Vous savez ce que je pris :
De l'aspic, deux cuillerées
Du meilleur des fricandeaux,
Quelques fraises bien sucrées,
Et du *Bentz* [1], et du bordeaux.

Le moka fait qu'on digère ;
J'en bus, mais me gardai fort
D'y joindre le petit-verre,
Qu'on croit digestif à tort.
Grâce à ma sage conduite,
J'eus l'espoir que je pourrais
Encor, sans fâcheuse suite,
Dîner quatre heures après.

1. Vin blanc des environs de Colmar, qui peut suppléer les bons vins du Rhin.

Au second dîner j'arrive :
Le potage et le filet,
Prudemment je les esquive ;
Je refuse du poulet ;
Je suis un peu moins rebelle
Devant une truite au vin,
Une mignonne quenelle,
Et ne sais plus quel plat fin.

Puis, se suivant les services,
Je n'ai pas même un coup d'œil
Pour un buisson d'écrevisses,
Ni pour un dos de chevreuil ;
Je me permets deux légumes,
Un œuf au jus, et le blanc
De certain gibier à plumes,
Que je trouvai succulent.

J'accepte quand on m'apporte
De l'aspic, voulant, ainsi,
Voir lequel des deux l'emporte,
Du vôtre ou de celui-ci ;
Or, sans contredit, au vôtre
Le prix doit être adjugé,

Sans oublier qu'avant l'autre
Par l'expert il fut mangé.

De fraises au jus d'orange
Je couronnai ce repas,
Pour connaître ce mélange ;
Or, je ne l'approuvai pas.
Je bus sauterne et champagne,
Des bons clos tous deux issus,
Un verre de vin d'Espagne,
Et du café par-dessus.

Et, maintenant, je me trouve
Sans aucun gastrique poids,
L'esprit libre, ce qui prouve
Qu'on peut bien dîner deux fois.
La peine en est si petite,
Qu'en même jour je saurai,
Pour peu qu'on m'y sollicite,
Oui, trois fois je dînerai.

Colmar, le soir de l'exploit.

LE TRENTE-ET-QUARANTE

A MA BELLE-SŒUR, Mme NICOLAS HOFER

> O Fortune ! à ton caprice
> J'abandonne mon destin !
> A mes désirs sois propice !
> (E. SCRIBE.)

AIR : *Vers le temple de l'hymen.*

« Un joueur intelligent,
Au jeu du Trente-et-Quarante,
Se fait une grosse rente
Avec un petit argent ;
Il ne faut qu'avec adresse,
Dans sa quinteuse vitesse,
Savoir suivre la déesse
Au front d'un bandeau couvert,
Qui, selon qu'elle varie,
Fait que le banquier s'écrie :

Rouge gagne ! ou : Rouge perd !
Béni soit le tapis vert ! »

J'entendais parler ainsi
Quelqu'un de ma connaissance,
Et d'augmenter ma finance,
Je veux essayer aussi :
Bien que nullement malade,
Aussitôt je cours à Bade :
Là, sur une promenade,
J'aperçois un temple ouvert...
Fortune ! j'ai vu ta face !
J'entends : « Vingt, pair, Noire et passe :
Rouge gagne, Noire perd ! »
Béni soit le tapis vert !

Je vois un premier tapis
Qui me semble indéchiffrable :
La Roulette ! De sa table
Bien vite je déguerpis.
J'en avise une seconde
Où se presse plus de monde,
Et sur elle l'or abonde,
D'où pour moi ce point appert :

Que c'est là mon vrai Potose,
Et sur la Rouge je pose...
Rouge gagne, Noire perd !
Béni soit le tapis vert !

A plus haut je dois viser :
Ma dépense sera grande ;
Combien faut-il que me rende
La mine où je viens puiser ?
Voyons : D'abord que j'acquière
Une belle tabatière ;
Trop modeste est ma dernière,
Qui depuis un an me sert.
Mon nez aura cette gloire ;
Pour lui mettons sur la Noire !...
Noire gagne, Rouge perd !
Béni soit le tapis vert !

Je ferai fort bien encor
De me donner cette joie
Qu'enfin dans ma main je voie
Une canne à pomme d'or.
O jonc que j'ambitionne,
La fortune à moi te donne !

Du bâton que j'abandonne
Mon orgueil a trop souffert.
Oui, pour que je te possède,
La Rouge vient à mon aide :
Rouge gagne, Noire perd !
Béni soit le tapis vert !

Et puis, — j'allais l'oublier ! —
Quelle occasion se montre
De m'acheter une montre,
A ma femme un beau collier !
Quelle surprise pour elle !...
Que la plus riche dentelle,
La plus élégante ombrelle,
Complètent le don offert !
Pour tous ces achats d'élite,
Sur la Noire mettons vite !
Noire gagne, Rouge perd !
Béni soit le tapis vert !

Parmi les gens du grand ton
Je veux faire aussi figure :
Donnons-nous une voiture,
Je suis fort mauvais piéton...

Qu'un dîner chez moi ramène
Mes amis chaque semaine !
De cristaux, de porcelaine
Embellissons leur couvert !
Non ! je veux vaisselle plate !
A moi, losange écarlate !...
Rouge gagne, Noire perd !
Béni soit le tapis vert !

Fortune ! si tu voulais !...
Encore un dernier sourire
Et, content, je me retire :
Plus rien, plus rien qu'un palais !...
A la ville, à la campagne,
N'importe ! Que je le gagne !
J'en veux faire une Cocagne,
Un Éden à tous ouvert...
Noire ! c'est toi que j'invoque :
Tout sur toi !... Ciel !... Je suffoque !...
Rouge gagne ! Noire perd !
Maudit soit le tapis vert !

Baden-Baden, juin 1840.

L'ADIEU

A Mlle JENNY BRET

A l'occasion de son prochain mariage.

Ainsi, le ciel a marqué l'heure !
Bientôt, Jenny, vous partirez !
Faut-il que notre amitié pleure
De ce bonheur où vous courez !
Faut-il, quand on vous fait heureuse,
Qu'en même temps, hélas ! se creuse
Un abîme entre vous et nous !
Faut-il qu'y tombe et disparaisse
Cet espoir que notre tendresse,
Ici, vieillirait avec vous !

Car notre âme, de vous remplie,
A gardé dans son souvenir
Ces premiers temps où, si jolie,
Parmi nous on vous vit venir ;

Nous disions : Salut ! jeune fille ;
Jenny, si pure et si gentille ;
Enfant qui chez nous viens t'asseoir !
Garde, jour à riante aurore,
Pour tes nouveaux amis, encore
Ton matin, ton midi, ton soir !...

Quand, après sa lueur tremblante,
Votre matin eut ses couleurs ;
Quand, sur la jeune et riche plante,
Le bouton prit rang dans les fleurs,
Nos vœux furent ceux de la foule,
Et de celle dont le pied foule
Les tapis des bruyants salons,
Et de celle, encore, qu'éprouve
La pâle misère et qui trouve
Les hivers si froids et si longs. . .

C'est qu'aussi, devant la première,
Vous arriviez comme un fanal,
Dont toujours la vive lumière
Du bonheur était le signal :
Qu'on aimait à voir en nos fêtes,
Au milieu des plus belles têtes,

Votre jeune front resplendir !
Qu'on aimait votre voix divine
Lorsqu'Henriette, ou bien Rosine [1],
En vous se faisait applaudir !

Et quand de la métamorphose
Finissaient les illusions,
Quand vous n'étiez plus que la rose
Que tous les jours nous admirions ;
La beauté qui de vous rayonne,
Toujours modeste, toujours bonne,
Charmait les cœurs comme les yeux ;
Tous les amours étaient pour elle,
Et l'on vous laissait être belle,
Libre de regards envieux.

Puis, dans la saison de souffrance,
Devant l'autre foule, Jenny,
Vous veniez, rayon d'espérance,
Éclairer son ciel rembruni :
Pour vous, les haillons, les figures
Hideuses de longues tortures,

---

1. *Les Femmes savantes ; le Barbier de Séville.*

Étaient sans aspect rebutant ;
Vous donniez, à main toujours pleine,
Le pain qui nourrit et la laine
Qui réchauffe un corps grelottant.

Vous donniez à la pauvre mère
De quoi couvrir son nouveau-né ;
Pour calmer sa souffrance amère,
Au malade un baume ordonné ;
Vous donniez pour l'âtre sans flamme ;
Vous donniez l'argent que réclame
A jour fixe l'homme au loyer ;
Vous étiez l'ange secourable
Que pour sauver le misérable
Le Seigneur prend soin d'envoyer...

Et puis, l'on savait votre vie
Avec nous heureuse : A regrets,
Disait-on, vous seriez ravie
A nos murs, nos champs, nos forêts ;
Oui, vous étiez Alsacienne !
Vous aimiez notre terre, ancienne
De franchise et de loyauté ;
Terre riche, terre féconde,

Que le premier trône du monde
Ne possède pas sans fierté.

Et nous avions cette espérance,
Qu'à jamais vous seriez à nous ;
Qu'en aucun lieu le sol de France
Ne pourrait vous sembler plus doux ;
Que de la mère de famille,
Ainsi que de la jeune fille,
Nous connaîtrions les vertus ;
Que Jenny verrait avec joie,
Ici se dérouler la soie
Des jours qu'ailleurs elle aurait eus...

Mais cet espoir était un rêve
Et le réveil a commencé.
A notre amour on vous enlève !
Le beau songe, hélas ! a passé !
On en déchire l'heureux voile ;
On fait disparaître l'étoile
Qui, sept ans, devant nous a lui ;
Jenny, pour une autre patrie,
Quitte un pays qui l'a chérie
Et ne peut la garder à lui !

Il faut donc de la chère image
Ne conserver qu'un souvenir !
Adieu, l'enfant au frais visage,
Qu'on avait vue ici venir !
Adieu, cette riante aurore,
Qui promettait son jour encore
Aux cœurs par elle réjouis !
Adieu, la jeune et riche plante,
Qui nous fit voir, étincelante,
Ses pétales épanouis !

Adieu, le séduisant sourire
Qui si longtemps brilla sur nous !
Adieu, la voix qui savait dire
Des accents si purs et si doux !
Adieu, l'espagnole pupille ;
Nous ne pourrons plus à Séville
Être charmés par cette voix,
Et nous ne pourrons plus entendre
La jeune amante de Clitandre !
Nous perdons tout, tout à la fois !!...

Maintenant, l'âme déchirée,
Voici venir ces malheureux

Auxquels Dieu vous a retirée ;
Voyez, Jenny, qu'ils sont nombreux !
« Adieu, celle qui se présente »,
Disent-ils, « toujours bienfaisante,
Dont le nom par nous est béni !
Qui secourt avec tant de zèle !
Adieu, la bonne demoiselle !
Avec chacun ! adieu, Jenny ! »

Adieu ! Triste mot qui sépare !
Mot de douleur et mot d'amour !
Adieu, Jenny ! tout se prépare
Pour votre absence sans retour...
O vous qui fûtes tant aimée,
Que partout de fleurs soit semée
La route où l'on conduit vos pas !
Et dans votre heureuse carrière
Retenez bien notre prière :
« Jenny, ne nous oubliez pas ! »

Baden-Baden, juin 1840.

MON JOUR DE FÊTE

(9 novembre 1840)

Hic dies vere mihi festus.
(HORACE.)

AIR *du vaudeville de l'Écu de six francs.*

Vite, vite, ouvrons nos tablettes
Et que le fait y soit noté !
Je veux qu'en mes œuvres complètes
Il passe à la postérité ;
Il en est digne, en vérité !
L'aventure à bien chanter prête,
Et de chanter je suis en train ;
Je lance donc ce gai refrain :
C'est aujourd'hui mon jour de fête !

La chose est digne de remarque :
Voici pour la première fois,
O patron, depuis que la Parque
Tourne mon fil entre ses doigts,
Qu'au calendrier je te vois.
L'année accomplit sur ma tête
Son trente-sixième retour,
Sans m'avoir fait dire un seul jour :
C'est aujourd'hui mon jour de fête !

Pourquoi, mon cher saint Théodore,
En l'almanach si tard venu ?
T'en frustrer ! quand on en honore
Plus d'un Bienheureux inconnu,
Surpris d'être au ciel parvenu !
Tu peux cependant tenir tête
Aux gros bonnets du paradis,
Et c'est hautement que je dis :
C'est aujourd'hui mon jour de fête !

Peut-être auras-tu, par méprise,
D'humeur trop joyeuse un beau jour,
Ou dit, ou fait quelque sottise

Mal sonnante à la sainte cour
Et qui t'a fait mettre hors tour.
Eh bien ! ta pénitence est faite ;
Contre toi l'on n'est plus fâché :
Miséricorde à tout péché...
C'est aujourd'hui mon jour de fête !

Si, longtemps, tu fis antichambre
Pour entrer au calendrier,
Du neuvième jour de novembre
On vient de te gratifier :
Patron, garde bien l'étrier !
Quand tu remontes sur ta bête,
Si tu n'y restais affermi,
Comment, plus tard, dirais-je, ami :
C'est aujourd'hui mon jour de fête ?

Que mon bon ange me préserve
De te voir encor rejeté
Dans les cadres de la réserve !
De ta mise en activité,
J'ai bien grandement profité.
De surprise je suis tout bête,

— Tu dois le voir sans mon aveu, —
Laisse-moi l'être encore un peu :
C'est aujourd'hui mon jour de fête !

De notre fête de famille,
— Un saint voit tout, — tu fus témoin :
Ma femme, mes deux fils, ma fille,
Avaient prévu ce jour de loin ;
Pour me surprendre, que de soin !
L'amitié comme eux était prête ;
Mais, ô vous tous, pour moi si bons !
Je l'aurais bien vu sans vos dons :
C'est aujourd'hui mon jour de fête !

Pourtant une pensée encore
Troublait ma douce émotion :
Pourquoi mon pauvre Théodore
Faisait-il, dans sa pension,
Aujourd'hui, thème ou version ?
Du bonheur j'eusse atteint le faîte,
Cher enfant, nommé comme moi,
Si j'avais pu dire avec toi :
C'est aujourd'hui mon jour de fête !

Colmar.

LA MORT DE L'EXILÉ[1]

Brisé comme la frêle tige
Qu'à périr l'ouragan oblige
Pour avoir sur elle soufflé,
Il tombe au vent de la souffrance,
De trop de malheur accablé,
Du sol natal pleurant l'absence...
Il est mort, le pauvre exilé !

Et chez nous sa cendre repose...
Soldat de la plus sainte cause,
Pour elle son sang a coulé ;
La Pologne en vain se soulève ;
Un fatal oracle a parlé :
Sans vaincre il faut jeter le glaive !...
Il est mort, le pauvre exilé !

1. Le jeune Ladislas Poninsky, réfugié, mort à Colmar, où il s'était acquis
bien des sympathies.

Mais il touche le sol de France,
Et l'espoir de la délivrance
Ranime son cœur désolé ;
De bonheur il voit une aurore :
L'aigle blanc n'est pas envolé !
Son aire a des aiglons encore !...
Il est mort, le pauvre exilé !

Pour lui, sur la terre étrangère,
D'espoir brille une autre chimère :
Son cœur vers un cœur a volé !...
Non, près d'une amante chérie
Tu ne seras point appelé.
Ne rêve ici qu'à ta patrie...
Il est mort, le pauvre exilé !

Et point de réveil pour tes songes :
Patrie, amour, pour toi mensonges !
Tu ne seras pas consolé ;
Pour toi, banni, toujours l'orage ;
Jamais un seul soir étoilé ;
Rien qui soutienne ton courage !...
Il est mort, le pauvre exilé !

Peut-être le sort des batailles
Va-t-il relever les murailles
De ton Ilion écroulé... [1]
Hélas ! au sang de frères d'armes,
Ton sang ne sera plus mêlé !...
Tu n'as pu verser que des larmes !...
Il est mort, le pauvre exilé !

Colmar, novembre 1840.

---

[1]. Les Polonais réfugiés en France puisaient alors, dans des bruits d'une guerre prochaine, l'espoir de rentrer dans leur patrie.

PÉTITION

A M. BRET, PRÉFET DU HAUT-RHIN

I.

Je voudrais, quelque jour, être un grand personnage,
Mais ce ne serait pas, croyez-moi, pour avoir
Les honneurs, la richesse, ou quelque vain pouvoir,
Pour faire bonne chère, aller en équipage,
Et trancher du seigneur du matin jusqu'au soir :
Si d'un rang élevé je comprends l'avantage,
C'est pour un but meilleur que je voudrais m'y voir.

Usant de ma grandeur pour un plus noble usage,
J'y trouverais plaisir à faire des heureux.
Dans mes solliciteurs, je distinguerais ceux
Que vous honoreriez de votre patronage :

Je serais, à la fois, et juste, et généreux,
Et quand de mes faveurs je ferais le partage,
Vous verriez de mes parts les plus grosses pour eux.

C'est qu'alors, reportant mes regards en arrière,
Je me ressouviendrais, toujours, combien de fois,
Lorsque d'un postulant on voulait que ma voix
Fît jusqu'à votre oreille arriver la prière,
Vous m'avez écouté. Mais, cher préfet, je crois
Qu'en mon pouvoir futur bien vainement j'espère ;
Ma réciprocité demeure une chimère :
Je reste débiteur de ce que je vous dois.

Me faut-il, cependant, renoncer à mon rôle ?
A qui me fait appel dois-je répondre : Non ?
Vous en déciderez. En attendant, — pardon, —
Pour un client nouveau je reprends la parole.
Je suis bien importun, mais vous êtes si bon !

II.

Un jeune homme de vingt-quatre ans,
Garçon de fort belle tournure ;

Br.   7

S'occupant de littérature,
Et dont le nom est GEORGES FRANZ ;
Très-fort dans la langue allemande ;
Possédant un peu de latin ;
Rimant et ballade et légende ;
Ayant une très-belle main ;
— Ici, j'emploie une figure :
Belle main veut dire écriture, —
Qui, longtemps, dans un magasin,
Par une erreur de son étoile,
Vendit du drap et de la toile,
Et vise à plus noble destin,
Du proconsulat du Haut–Rhin
Voudrait être sous-archiviste.
En quelques mots voilà le fait.

Auprès de moi, mon cher préfet,
C'est très-vivement qu'il insiste
Pour que de vous, par mon crédit,
Il ait le poste que j'ai dit.

Le titulaire, on me l'assure,
Comme étrenne, au premier janvier,
Doit recevoir l'investiture

Du bureau numéro premier :
La place qu'il fera vacante,
Au candidat que je présente,
Veuillez, cher préfet, l'octroyer.

Mon Georges Franz, dans la poussière
Des vieux titres, des parchemins,
Sans peur de se salir les mains,
Passera la journée entière,
Et, la langue des vieux Germains,
Il fera qu'elle vous soit claire,
Pour le bien du département.
Il sera tout à son affaire.
Riche assez du bien de son père,
Il est prêt à se satisfaire
Du plus modique traitement :
Il veut, enfant de cette ville,
Y vivre modeste et tranquille,
Archiviste pendant le jour,
Et, le soir venu, tour à tour,
Ou musicien, ou poëte,
Ou modeleur de statuette,
Car de beaux-arts il se nourrit,

— Que le dise aussi ma requête; —
Et souvent leur dieu lui sourit.

Du sujet que je recommande
Tels sont les mérites divers.
N'en jugez pas, je le demande,
Sur la qualité de ces vers.

Décembre 1847.

NOTRE AMI SERS[1]

(26 août 1848)

AIR *du vaudeville de la Robe et des Bottes.*

A voir cette folie aimable,
On ne dirait pas que, bientôt,
Un convive de cette table
A ses amis fera défaut;
Pendant quinze ans, toujours fidèle,
A cette place il se trouva;
Mais le Camp de Saint-Maur l'appelle,
Et notre ami dit : « On y va! »

Bien qu'en la Seconde-Aquitaine
Il ait ouvert les yeux au jour,

1. Voir les couplets pages 71 et 81. — Les amis de M. Sers lui donnaient un dîner d'adieu chez le restaurateur dont, pendant tout son séjour à Colmar, il avait été le pensionnaire, et avec la plupart d'entre eux temporairement.

A Colmar le cher capitaine
Avait donné tout son amour.
A demeure perpétuelle
On devait l'y croire fixé,
Mais le Camp de Saint-Maur l'appelle,
L'arrêt fatal est prononcé !

De notre ami, pourtant, à peine
Colmar connaissait-il le nom ;
On disait : « C'est le capitaine ;
Vous savez ? Ce Monsieur si bon !... »
Ah ! ce n'était point bagatelle
Ce qu'il donnait à l'indigent !
Mais le Camp de Saint-Maur l'appelle :
A d'autres pauvres son argent.

Si de cette âme noble et bonne
Je voulais peindre chaque trait,
Sans apprendre rien à personne,
Mon éloge le blesserait.
Ne nous faisons pas de querelle ;
Il faut ménager l'avenir :
Si le Camp de Saint-Maur l'appelle,
Songeons qu'il doit en revenir.

Maudit ministre de la guerre,
Qui l'envoie à ce maudit camp !...
— Citoyen de Lamoricière,
Tu nous le rendras ? — Oui. — Mais quand ?
— Dès qu'une épaulette nouvelle
Sur son épaule brillera,
Le camp de Saint-Maur, qui l'appelle,
A ses amis le renverra...

Va donc à ta métamorphose,
Va, Sers, aux graines d'épinards !
Mais, des champs que la Seine arrose,
Vois toujours notre *Champ de Mars* [1].
Au camp de Saint-Maur, qui t'appelle,
Colmar portera jusqu'à toi
Ce cri, qu'à ses adieux il mêle :
« Reviens à moi ! Reviens à moi ! »

1. Promenade, à Colmar.

EN SUISSE

A M. ET A Mme LOUIS ZIMMER *

Ils marchent lentement, gravissant la montagne.
     Un vieux guide les accompagne :
     Il est là pour les protéger.
Il leur dit le chemin que l'on prend sans danger ;
Par de naïfs récits il charme leur voyage...

Des larmes, tout à coup, ont mouillé son visage :
— Brave homme, qu'avez-vous ?—Monsieur, madame, hélas !
     Répond-il, ne me blâmez pas ;
Je devrais vous cacher ma profonde tristesse,
     Mais je ne puis : J'ai perdu ma richesse ;

---

* M. Edmond About (*La Fille du Chanoine ;* Revue des Deux-Mondes, 1867, p. 67) a rendu un juste hommage à la bienfaisance inépuisable et toujours secrète, autant que possible, de M. Zimmer, alors notaire à Strasbourg.

M. About, qui, dans sa *Nouvelle,* avait donné aux personnages leurs véritables noms, fut prié d'en changer quelques-uns. Quand il la réimprima dans ses *Mariages de province,* M. Zimmer y devint le notaire Riess.

Ma seule vache, hier, vers le soir, a péri !

De l'argent de son lait, monsieur, j'étais nourri,

   Moi, mes enfants, leur mère !... Alors, la dame,

     A l'oreille de son mari :

(Les voyageurs étaient un époux et sa femme,)

     — Mon cher ami, cet homme me fait mal.

   Tu te souviens m'avoir promis un schall[1] ;

   De ce moment j'y renonce, et la somme

Qu'il eût coûté, eh bien ! je la donne à cet homme.

   Le permets-tu ? Si je fais quelque bien,

   C'est que mon cœur est l'élève du tien... —

Et dans la main du guide une autre main se glisse :

   — Voilà de quoi payer une génisse,

     Lui dit la plus douce des voix.

   — Oh ! chère dame, oh ! merci mille fois !

   Faites connaître à ma reconnaissance

   Votre pays, votre nom, que... — Silence !

Nous sommes arrivés ; retournez sur vos pas.

Cet admirable trait, on ne le connaît pas !

Strasbourg, 29 septembre 1848.

---

1. L'orthographe *châle* a prévalu, pour le mot francisé. La vraie est *shawl*.

7.

LA RECRUE DU 17ᵉ LÉGER

Chanson d'un Tambour du régiment, rapport à c' que l' capitaine Littras, d' la compagnie qu'a été en cantonnement à Thann (Haut-Rhin), épouse la fille de M. Schœuffele, le pharmacien de l'endroit*.

(5 mars 1850)

Aɪʀ : *Il faut régler le sentiment*
Sur la marche du régiment.

Le jour où l'hymen vous enchaîne,
Sauf vot' respect, mon capitaine,
Je viens vous fair' mon compliment,
A vot' bourgeoise mêmement.

* Voir la chanson page 40.

Ils m'ont dit comm' ça : « T' as d' la langue,
« Tapin ; va leur fair' not' harangue,
« Et mèn'-nous ça tambour battant,
« Pour que l' capitain' soit content. »

Quoiqu' je n' sois pas d'la même adresse
Sur la blague que sur ma caisse,
J'ai dit : « J'y vas, et sans trembler,
« Puisqu' c'est du cœur qu'il faut parler... »
Pour dir' que dans not' Dix-septième,
Mon capitain', tout l' mond' vous aime,
Qu' nous somm's heureux de vot' bonheur,
Faut pas être un grand orateur.

V'là donc ce qu'ils m'ont dit d' vous dire :
La chance qui vient d' vous sourire,
Mill' pipes ! nous a fait, à tous,
Un plaisir aussi grand qu'à vous.
Nous somm's à vous de cœur et d'âme ;
Nous s'rons tout d' mêm' pour vot' chèr' femme :
Ell' peut hardiment s'engager
Dans le Dix-septième léger.

A peine étions-nous dans cett' ville,
Nous avons vu, c'était facile,
Que vous aviez un cantonn'ment
Qui vous donnait de l'agrément.
A voir vot' mine réjouie,
On s' disait dans la compagnie :
Faut croir' qu' dans cett' localité
Il a plu-z-à quelque beauté.

Nous n' savions pas qui c' pouvait être,
Quand, un jour, à certain' fenêtre
Sous laquell' l' détach'ment passait,
J' vis à qui votre œil se lançait.
Bon ! que j' dis, j' comprends l'apologue :
Chez l' pharmacien tout n'est pas drogue ;
J' prendrais bien d' ses produits aussi,
S'ils étaient tous comm' celui-ci.

Vous avez eu bon goût tout d' même :
Quel conscrit pour not' Dix-septième !
Pas b'soin d' conseil d' révision
Qu'en prononce l'admission :

Comm' c'est taillé pour le service !
A pas d' danger pour l'exercice :
Vous verrez comm' ça profit'ra
Des leçons qu'on lui donnera.

(A la mariée :)

Maint'nant j' vous dirai, ma p'tit' mère :
Quoiqu' nous soyons d' la troup' légère,
Nous n' réglons pas le sentiment
Sur l'épithèt' du régiment :
Faut pas qu'ell' vous donn' de l'ombrage :
Nous n' somm's pas légers en ménage,
Comm' nous n' somm's pas légers non plus
Quand à l'enn'mi nous tombons d'sus.

V'nez donc dans les collets jonquille !
Un régiment c'est un' famille,
Et l' nôtre s'ra tout triomphant
De r'cevoir son nouvel enfant.
J' sais bien qu' ça f'ra pleurer vot' mère ;
Qu' ça n'arrang'ra pas vot' cher père,
Quand vous direz : « Papa, maman,
« Je vous quitt' pour mon régiment. »

Mais quand, loin de cette demeure,
Vous pens'rez qu' sur vous on y pleure,
Aux chers parents vous écrirez,
Et voici ce qu' vous leur direz :
« D' chagrin faut pas qu' votre œil se creuse ;
« J' suis bien contente ; il m' rend heureuse.
« Pour la santé j' vas joliment,
« L'air est fameux au régiment. »

Et ça leur réjouira l'âme,
A ce digne homme, à cett' brav' dame,
Et, de temps en temps, dans leurs bras
Vous viendrez j'ter vos p'tits Littras.
Et quand à vos enfants de troupe
Grand'maman donnera la soupe,
Elle dira : Qu'ils sont gentils !
C'est des amours, ces chers petits !!

(A la société :)

Maint'nant ma chanson est finie.
J' crois qu'ell' plaît à la compagnie,
Et qu'on s' dit d' voisin à voisin :
Ça n'est pas mal pour un tapin.

Mais qu' ça n'ait rien qui vous surprenne :
Quand on connaît mon capitaine,
On jug' par lui suffisamment
Qu'on n'est pas bête au régiment.

Colmar.

SECONDE PARTIE

1851 - 1875

A Mlle EMMA DOLLFUS

*Qui m'avait prié d'écrire des vers dans le registre où s'inscrivent les personnes
en traitement à l'établissement hydrothérapique d'Albisbronn (Canton de
Zurich).*

J'ai lu ce livre où maint client
Du docteur qui nous tyrannise,
Moitié penaud, moitié riant,
A consigné mainte sottise.

C'est une avalanche de vers
Dont le sens, la coupe, ou la rime,
Prouve un esprit mis à l'envers

Par l'albisbronnien régime.

Qu'il absolve ces malheureux !

Que leur excuse aussi soit mienne,
Si l'on ne voit pas que je vienne
M'inscrire en ce livre après eux,
Bien que ce soit un de vos vœux.

D'abord, si j'ai, dans mon jeune âge,
Fait bien des vers, — oh ! l'heureux temps ! —
Aujourd'hui que j'ai cinquante ans,
Plus guère n'en ai le courage :

Si peu que je veuille monter,
En quelque accès de vieux lyrisme,
Mon ennemi, le Rhumatisme,
Est toujours là pour m'arrêter.

Puis, l'ouvrier en poésie
Veut qu'à son pain quotidien
On ajoute un peu d'ambroisie.
Non pas du mets olympien,

Cette divine nourriture
Dont en ce monde on ne sait rien
Que par poétique figure :
Ici, de ce mot fabuleux
Je nomme ces sucs généreux
Dont l'estomac de tout poëte
A le besoin impérieux,
Pour qu'ils lui maintiennent la tête
En un état digne des dieux,
Puisque, — l'aphorisme est très-vieux, —
Le poëte est leur interprète.

Il est bien certain que, l'esprit,
C'est l'estomac qui le nourrit ;
Pour moi, c'est chose élémentaire.
Autrement dit : Poëte à jeun
N'aura jamais le sens commun :
On sait que, par effet contraire,
Le vide total d'aliment
Dans cet intéressant viscère
Où la digestion s'opère,
Bouche, intellectuellement,
Le plus vaste esprit de la terre.

Effet pire encore se voit

Quand le poëte ne reçoit

Qu'une nourriture mauvaise,

Qui le débilite et lui pèse,

Quand mal il mange et mal il boit,

Comme on l'y force en cet endroit[1].

En vain la plus belle nature,

L'air vif, l'odorante verdure,

Les clairs ruisseaux au doux murmure,

Parfois semblent le ranimer ;

Ce n'est pas assez pour rimer.

On ne peut pas vivre d'eau claire,

Pas plus que l'on ne vit d'amour.

Il est certains moments du jour

Où, de l'éthéréen séjour,

Le rimeur redescend sur terre,

Pour faire à la cuisine un tour.

Le disque d'une casserole

Lui semble, alors, mieux contourné

Que le disque de l'auréole

Dont vous savez qu'il marche orné,

Selon un antique symbole ;

---

1. Les menus d'Albisbronn ont été, dit-on, sensiblement améliorés depuis l'époque où l'auteur en souffrait.

Et, sauf à reprendre son rôle
Aussitôt qu'il aura dîné,
La gloire est pour lui babiole
Devant menu bien ordonné.

Or, puisque aussi je suis poëte,
Le régime d'anachorète
Auquel ici l'on me soumet
Aucunement ne me permet
De faire sortir de ma tête
Un seul vers qui ne fût pas bête.
De l'esprit ! Comment en avoir,
Où le vin ne se fait pas voir ?
Où l'on me nourrit de pain noir,
D'un peu de chair coriacée,
D'herbe qu'à peine on a graissée ?
Où le docteur me fait souffrir
Cette abstinence intéressée,
Et me plonge en son eau glacée,
Abominable panacée,
Moins pour vivre que pour mourir ?

Donc, au livre martyrologe
Des malheureux qu'il traite et loge,

Point ne lirez de vers de moi :
Je viens de vous dire pourquoi.

Mais de l'aliment poétique
Si je me sens ici sevré
Par l'effet hydrothérapique,
Du moins, mon œil mélancolique,
Dans notre séjour aquatique
Aux grelottements consacré,
Voit-il luire un rayon sacré
Qui, dès que sa flamme m'arrive,
Douce, consolante, ravive
Mon pauvre Moi, si délabré :
C'est celui que votre paupière
Laisse échapper de vos cils noirs,
Et dont la suave lumière
Me sauve de mes désespoirs.

Albisbronn, 11 septembre 1855.

CINQUANTE ANS

A MA FEMME

Pour l'anniversaire de sa naissance.

(15 décembre 1856)

AIR : *Vers le temple de l'hymen.*

(A demi-voix :)

Quand de vos premiers trente ans,
Le dernier jour vint éclore,
Pour votre nouvelle aurore
J'eus un de mes joyeux chants[1].
Trente ans ! C'est comme une injure :
Jeune femme, l'on murmure
Contre ce chiffre et l'on jure

1. Voir la chanson *Trente ans,* page 44.

Br.   8

Être encor bien en deçà.
Moi, loin de cacher votre âge,
J'en fis, alors, étalage...
Aujourd'hui, ce n'est plus ça.

N'étais-je qu'un indiscret
Qui vous causa quelque peine?
A celer votre trentaine
Aviez-vous donc intérêt?
En étiez-vous moins charmante?
Moins qu'aux premiers jours aimante?
N'était-ce plus à l'amante
Que ma chanson s'adressa?
Si! Toujours l'âme charmée,
Je chantais ma bien-aimée :
Aujourd'hui, c'est encor ça.

Les couplets que je vous fis,
O ma Cécile adorée!
Vous présentaient entourée
D'une fille et de deux fils.
Plus tard, c'est bande complète :

Un fils encor, — quelle fête ! —
Quatrième blonde tête,
A vos côtés s'avança !
Quatre enfants ! Quelle espérance !
Pour tous l'avenir s'avance !...
Aujourd'hui, ce n'est plus ça !

Le temps a fait bien des pas
Et donné bien des coups d'aile,
Depuis le jour que rappelle
Ce que je vous dis tout bas...

(Haut :)

Tout bas ? Pourquoi du mystère ?
Je veux chanter à voix claire
Le nouvel anniversaire
Que décembre m'annonça.
Des ans mon amour s'augmente :
Vous étiez aimée à trente,
Aujourd'hui, c'est mieux que ça.

Vingt ans de plus ont-ils nui
A vos attraits, chère amie ?

Croyez que mon cœur le nie,
Et mes yeux tout comme lui.
Mais le vôtre, enchanteresse,
Me voit-il, dans sa tendresse,
Le même qu'en ma jeunesse ?
L'amoureux qu'il exauça ?
Orgueilleuse est ma mémoire :
Taisez-vous si je dois croire
Qu'aujourd'hui ce n'est plus ça !

Si nous eûmes, dans le cours
De nos ans, et peine, et joie,
Notre horizon se déploie
N'annonçant plus que beaux jours :
Dieu donne à notre vieillesse,
Santé, modeste richesse,
Et, mieux encor, la tendresse
Des deux fils qu'il nous laissa.
Aussi, quand, pour vous, expire
Le demi-siècle, il faut dire :
« C'est encor bien comme ça ! »

Strasbourg.

A Mlle JEANNE LACROIX

Sur un exemplaire du volume de ma traduction de Schiller, *imprimé en 1858.*
(Don Carlos, la Pucelle d'Orléans, Guillaume Tell. In-12. *)

Un très-mince littérateur,

— Vous avez mieux dans la famille [1], —

Vous offre, ô ma future fille [2],

Ce livre dont il est l'auteur.

L'auteur ? Non : Il est mieux de dire

Qu'ayant, — reste à savoir comment, —

---

* Voir la note 2 à la fin du volume.
1. Ses deux oncles, M. Paul Lacroix (bibliophile Jacob) et M. Jules Lacroix.
2. Mlle Lacroix allait épouser le fils aîné de l'auteur.

Traduit un tragique allemand,
C'est lui qu'il veut vous faire lire.

De moi prenez un double soin,
En me gardant, fille bien chère,
Dans votre cœur, comme beau-père ;
Comme auteur, dans un petit coin.

Paris, 13 juin 1861.

A LA MÊME

Sur un exemplaire du volume de ma traduction de Schiller, *imprimé en 1861.*
(Marie Stuart. In-8°.*)

Jeanne d'Arc et Guillaume Tell,
Et Don Carlos, infant d'Espagne,
Ne me rendront pas immortel,
Mais il me semble que je gagne,
— Mettons la modestie à part, —
Lorsque je fais, de l'Allemagne,
En France revenir Stuart.

Si donc on vous disait, ma chère :
« Belle nièce des deux Lacroix,

---

* Voir la note 2 à la fin du volume.

Le sort vous donne encor, je crois,
Un auteur dans votre beau-père,
Mais je trouve bien hasardeux
Qu'il s'ose produire auprès d'eux. »
Alors, de ma gloire jalouse,
Faites, de cet auteur nouveau,
Voir seulement l'in-octavo,
Et dissimulez son in-douze.

Paris, 13 juin 1861.

MA CAMPAGNE

I.

LA PRISE DE POSSESSION

PREMIÈRE SCHARRACHBERGHEIMOISE[*]

> *Hoc erat in votis.*
> (HORACE.)

> O que trois et quatre fois heureulx
> sont ceulx qui plantent choulx!
> (RABELAIS.)

A MES DEUX FILS

Je quitte le notaire. Il m'a remis les pièces
Qui disent que ce bien est ma propriété.
Je l'ai payé comptant, en loyales espèces.
Nous y venons passer notre premier été.

---

* Voir, ci-après : *Ma campagne. La Quarantaine,* strophes 2 — 4.

Mais comment avouer l'horrible nom qu'il porte ?
De ce nom je ne sais quel parrain l'affubla :
C'est... c'est SCHARRACHBERGHEIM qu'on nomme ma villa !....

Que ce nom soit bien dur à prononcer, n'importe !
La retraite nous plaît : Joli pays, air sain.
Vos parents, mes chers fils, se la sont achetée,
— Cette date en mes vers a droit d'être notée, —
Le dix juin de l'an mil huit cent soixante-cinq.

Je n'y fais pas encor l'églogue ni l'idylle ;
Je chanterai plus tard mes bouleaux, mes sapins,
Mon mélèze, — il est seul ; — tout mon champêtre asile,
Ce qu'il a d'agréable et ce qu'il a d'utile :
Ces lieux, où nous fuirons, pendant l'été, la ville,
Ont besoin de toilette avant d'être dépeints ;
Et sans qu'un Pollion doive payer mon style,
J'applique à ce séjour que je me suis donné,
Le vers adulateur du confrère Virgile :
Si canimus sylvas, sint consule dignæ.

Oui, je célébrerai ma riante vallée,
Mes aspects enchanteurs et cet enclos charmant

Où je vois, d'aujourd'hui, votre mère installée,
Si je puis dire ainsi d'un premier campement ;
Mais mon esprit, pour l'heure, est à bien autres choses :
Je suis aux mains des gens du mètre et du compas.
Tout ce qu'ils me font voir n'est point couleur de roses :
Les miennes sur leurs plans ne se reflètent pas.

Aussi, je le dirai ce qu'il coûte leur mètre,
En sentiers, en tuyaux, en gravier, en moellons ;
Ce que mon jardinier va vouloir de son maître,
Pour que j'aie artichauts, petits pois et melons.
Leurs comptes, à chacun, seront tellement longs
Qu'il faudra pour le mien employer l'hexamètre.

Pour le moment, tout n'est
Encore qu'admirable :
Du simple cabinet
Où cette épitre naît
Sur la modeste table
Qui me sert de bureau,
En visiteur aimable,
Le soleil le plus beau
Traverse le rideau,

Me sourit et m'enchante,
Et j'entends un oiseau
Qui dans mes arbres chante...

O possesseur nouveau,
Reste sur ce tableau !

Tel que soit ce séjour, j'en suis pro-pri-é-taire !
Que souvent vos parents à ce titre ont songé,
Mes enfants ! Cependant, l'ambition que j'ai
Ne va pas à nommer ma campagne une *Terre :*
C'est un *Home.* — Ce mot, venu de l'Angleterre,
Parmi les mots français semble aujourd'hui rangé. —
C'est un petit enclos où l'on est encagé.
Au penchant d'un coteau, sous un ciel salutaire,
Assez coquettement il se montre étagé.

De sa simplicité je ne fais pas mystère.

Or, bien qu'il soit encore en complet négligé,
Pour le voir, ô chers fils, auditeur, militaire [1],

1. Des deux fils de l'auteur, l'aîné était alors auditeur de 1re classe au Conseil d'État, le cadet, lieutenant au 12e bataillon de chasseurs à pied.

Donnez-lui, donnez-nous votre premier congé.

Mais que l'aîné de vous ne vienne pas sans Jeanne
Et sans ses deux enfants : Nous nous réjouissons
De les voir s'amusant sous notre gros platane,
Ou sous nos vieux tilleuls ; cueillant à nos buissons
Ce qu'il faudra de fleurs au jardin éphémère
Qu'en leurs jeux journaliers; sous les yeux de leur mère,
De grand'mère, ou grand-père, ou bien de leurs *nounous,*
Tantôt sur le derrière, et tantôt à genoux,
Ils rivaliseront à planter dans le sable,
Et qu'autour d'eux chacun va trouver admirable.

Quant au chasseur à pied, qui, pour même chemin,
N'a, jusqu'ici, personne à prendre par la main,
Et qui du célibat court la mer incertaine,
Qu'il vienne, — il le faut bien ! — seul voir notre domaine.

10 juin 1865.

MA CAMPAGNE

II.

SA DESCRIPTION

Deuxième Scharrachbergheimoise

A MES DEUX FILS

Scribetur tibi forma loquaciter, et situs agri.
(Horace.)
Accipe temperiem cœli, regionis situm, villæ amœnitatem :
quæ et tibi auditu, et mihi relatu jucunda erunt.
(Pline le jeune.)

« Pour qu'à Scharrachbergheim vous parvienne une lettre,
« O parents bien-aimés ! quelle est l'adresse à mettre ?
« Est-ce à quelque *Bureau restant ?* Est-ce *au Château ?* »
Demande l'Africain [1]. — Camarade, tout beau !

---

[1]. Le bataillon de chasseurs dont faisait partie le second fils de l'auteur était alors en Afrique.

N'allons pas nous donner des airs de gentilhomme.

Château ! Ce n'est point là le substantif qui nomme

La maison où, parmi d'honnêtes paysans,

Nous vivrons les étés que Dieu laisse à nos ans.

Abriter d'un château nos bonnes vieilles têtes !

Ah ! quelle étrange erreur, cher lieutenant, vous faites !

Je veux la dissiper, et je vais, tel qu'il est,

Ce prétendu château, le décrire au complet.

Et pour que votre frère, à son tour, ne se chausse,

— J'en ai peur, — dans l'esprit, une erreur aussi grosse,

A lui, tout comme à vous, cette description,

Dont vous aurez chacun une expédition.

I.

A qui veut, de Strasbourg, se rendre à mon village,

S'offre un double moyen d'accomplir le voyage :

Ou la route de terre, ou celle de métal.

Je préférerais celle à voiture et cheval.

Grâce à ce quadrupède, à mon bien l'on arrive

Plus vite que traîné par la locomotive ;

— Vous allez voir pourquoi, — mais comme il est plus cher
De prendre un voiturin que le chemin de fer,
Et que, vous le savez, je n'ai point d'équipage,
Je vous mets en wagon, personnes et bagage,
Par le vallon étroit auquel donne son nom
La *Mossig,* un cours d'eau tout chargé de limon.

Sur la côte qui part de la ligne ferrée,
A cent pas de la gare, une furtive entrée
Donne accès aux jardins ; mais quel accès, bon Dieu !
Ce n'est pas un château que précède un tel lieu :
Quelques acacias qui, là, bordent la route,
Vous forcent de passer sous leur piquante voûte,
Et, sur un sol de roc, vous grimpez un sentier
Où croissent à l'envi la ronce et l'églantier.
Ce passage, malgré tout ce qu'il a de rude,
A mon futur Le Nôtre offre un sujet d'étude ;
Ce tertre accidenté deviendra, sous sa main,
Pour arriver à pied, un ravissant chemin :
Arbustes et sentiers sur tout le monticule,
Et ma campagne aura comme son vestibule.

II.

Ambitieux d'aller à l'immortalité,
Coumes et Migneret ensemble ont inventé [1]
La circulation vicinale plus vive :
Ils ont donné ballast, rails et locomotive
Aux modestes chemins que l'on dit communaux,
Y supprimant le trait par bœufs et par chevaux.
Le train y court tout doux, sa double lieue à l'heure,
Bienfait pour tel village, et, pour tel autre, leurre :
Pour tel dont l'habitant à qui la station
Dit : « Vous voici, mon brave, à destination »,
Poursuit, en angle droit, quand repart la machine,
Sa route, mais à pied, mais en faisant la mine,
A voir que son endroit, annoncé sur le mur,
Ne se dessine encor qu'en un lointain obscur :
Il a fait en wagon quatre ou cinq kilomètres ;
De poussière ou de boue il couvrira ses guêtres
Pendant deux, trois encore, avant d'être rentré.

---

1. M. Coumes, ingénieur en chef des ponts et chaussées ; M. Migneret, préfet du Bas-Rhin.

Le beau bonheur pour lui qu'un vicinal ferré !

Si je critique, avec un peu d'irrévérence,
Un tracé qui serpente à trop grande distance
De villages nombreux dont une station
Ne porte inscrit le nom que par dérision,
Je dois dire qu'il fut de perfection rare,
Quand il mit aussi près de mon bien une gare.
Vive donc ce *railway* sorti de deux cerveaux !
Ma femme, qui craint tant voitures et chevaux,
Sans trouble jouira de la petite terre,
Dont un contrat du dix m'a fait propriétaire [1].
Elle désirait tant avoir une villa !
Grâce à ces deux cerveaux, maintenant elle l'a.

III.

Entrons dans les jardins, nous serons plus à l'aise :
Ici vous en voyez une partie anglaise.
A droite, des sapins, des bouleaux, des gazons ;

[1]. 10 juin.

A gauche, des lilas qui cachent les maisons
De quelques habitants, les premiers du village...
Quand on vient de l'ouest. C'est notre voisinage
Le plus proche. Et, pourtant, à peine si l'on voit,
Du bas de mon enclos, le haut de quelque toit :
L'enclos, de ce côté, se termine en terrasse.
Des murs en contre-forts en soutiennent la masse.
Ce voisinage en rien à ma maison ne nuit.
Le maréchal ferrant fait bien un peu de bruit
Quand il bat un fer rouge au bout de sa tenaille.
Un autre *dans mon pré laisse aller sa volaille.*
Parfois crie un enfant, parfois bêle un mouton ;
Voilà tout. Au total, fort braves gens, dit-on.

Voici de mes tilleuls la petite avenue :
Ils sont, sur deux rangs, seize, et de belle venue.
De grès rouge, aux derniers, l'on trouve cinq gradins,
Menant par angle droit au reste des jardins.
Deux grenadiers en face, et quatre lauriers-roses,
En rouge, tendre ou vif, montrent leurs fleurs écloses.

A gauche, ici, ma cour. Inspectons-la d'abord :
En pente, vers la route, elle s'allonge au nord.

Par la porte cochère, ou par la porte étroite,
On entre : La maison du jardinier, à droite ;
La grange où ses outils sont enfermés le soir ;
Puis, à gauche, écurie, et remise, et pressoir,
Et l'utile atelier de la buanderie.

J'ai bien une remise, et bien une écurie ;
Voiture, chevaux, non ; je l'ai dit. Mon budget
Et moi sommes d'avis contraire à ce sujet.

Au centre, deux gazons dessinés en ovale,
Et, sur les deux côtés, sans règle d'intervalle,
Acacia, tilleul, platane, marronnier ;
Plus, un saule pleureur qui cache le fumier.

Tournons-nous et voyons, sans quitter notre place,
Quel air a ma maison quand on se trouve en face :
En voilà le perron, — grès rouge aussi, — portant
Seize marches à gauche, et sur la droite autant.
Une ample vigne vierge à sa rampe s'attache,
Et presque tout entière à l'œil elle la cache.
La porte que l'on voit sous le double escalier,

Est l'accès que ma cave ouvre à mon tonnelier.
Au niveau du perron est le rez-de-chaussée :
Six fenêtres ; la porte entre les six placée.
À l'étage premier, en voilà sept de front.
Sept fenêtres, de même, éclairent le second,
Et, perçant la toiture, annoncent des mansardes.
Toute cette façade est veuve de lézardes.
Enfin, un second toit surmonte le premier.
Une triple lucarne indique le grenier,
Et, brochant sur le tout, une flèche un peu grêle
De la façade sud vient trahir la tourelle.

A droite, à l'angle ouest, montons les cinq degrés
Que je vous ai, mes fils, plus haut énumérés.
De mes seize tilleuls ils séparent le dôme,
Du mur de profondeur de mon modeste *home*.

Sur ce terrain sablé que borde le gazon,
Nous voici, mes enfants, derrière la maison.
Plus coquette est ici ma demeure nouvelle,
Qui n'est pas un château, bien qu'elle ait sa tourelle,
Et que les escaliers s'y trouvent éclairés

De gothiques vitraux formant neuf jours cintrés.

En égales moitiés la tourelle divise
Cette façade sud que Phébus favorise.
Le long des murs la vigne en abondance croît.
Un tout petit pêcher s'y colle au côté droit.
Couverte de bardeaux qui simulent l'ardoise,
La tourelle est modeste, et même un peu bourgeoise.
Enfin le bâtiment a, métrage précis,
Dix-huit cinquante-deux, sur huit quatre-vingt-dix.
Son élévation, je ne l'ai mesurée
Du côté des jardins ni de la cour d'entrée.

IV.

Du sud, dans la maison à qui veut s'engager,
S'ouvrent et la tourelle, et la salle à manger.
On croit, lorsqu'en ma cour on entre du village,
Que mon rez-de-chaussée est un premier étage ;
Du côté du midi l'œil voit différemment :
Presque au niveau du sol règne l'appartement.
De la salle à manger, de la tourelle, on compte

Cinq marches, qu'à son gré, l'on descend ou l'on monte.

Prenons par la tourelle et traversons d'abord
Ce passage ennobli du nom de corridor.
Il ramène au perron garni de vigne vierge ;
Il domine le toit du jardinier-concierge,
Les communs, la fontaine... Un peu tard vient son tour :
Je l'avais oubliée en décrivant la cour.
La pauvrette sera d'une faible ressource
Tant que je n'aurai pas amené de ma source,
Par de meilleurs conduits que ses tuyaux de bois,
De quoi remplir son auge, à présent aux abois,
Dépense qu'il faudra faire de bonne grâce.

A gauche, vous voyez cette salle un peu basse :
Qui l'aborde ayant faim, en sort rassasié.
De mon rez-de-chaussée elle prend la moitié.
Admirez cette table ! Elle est patriarcale :
Sans planche de secours, dix places qu'elle étale !
Elle dit à chacun qu'il est le bienvenu
A vouloir partager notre simple menu,
Simple, car on n'a pas mets fins à la campagne ;
Beaucoup de vin du cru, mais fort peu de champagne,
Et nous n'y croirons pas, même dans les grands jours,

Qu'il faille d'un Chevet invoquer le secours.

Si pourtant, je pouvais, sur ce petit domaine,
De mon heureux hymen fêter la cinquantaine !
Chers fils, chers petits-fils ! ce jour-là, vos parents
Mettraient les petits pots, comme on dit, dans les grands.
Je veux, pour célébrer mon bonheur de dix lustres,
Placer la casserole aux mains les plus illustres !
L'impérial *Moët* et le *Château d'Yquem*
Seront seuls à couler dans mon Scharrachbergheim !
Ce jour-là, de mon titre, arrière l'esclavage !
Arrière *la grandeur qui m'attache au rivage !*
Qui voudrait à ma joie imposer un *veto ?*
Nil humani a me alienum puto !

Cette salle à manger est chose précieuse ;
Pour plus d'un exercice arène spacieuse ;
Éclairée, aérée, et d'un facile abord,
Qu'on entre du jardin ou par le corridor ;
Où, s'il pleut, on aura refuge confortable ;
Les enfants, pour leurs jeux, la gigantesque table ;
Lieu de réunion où, le matin, le soir,
Pendant le jour, chacun pourra venir s'asseoir ;

Où mes deux beaux garçons, revenant de la chasse,
Entreront tout armés, sans que l'on s'embarrasse
Si les ais du parquet seront, ou non, souillés
Par chaussure boueuse ou vêtements mouillés ;
Où, pour les restaurer, la nappe sera mise ·
Dès qu'ils auront changé de bas et de chemise ;
Où, sans peur de noircir ni meubles ni rideaux,
Chacun pourra fumer, même un *infectados,*
Sans d'abord employer l'ordinaire réclame :
« Si l'odeur du tabac incommode Madame...? »
Où, qui n'aimerait pas à se coucher trop tôt,
Aura le rubicon, le whist ou le loto ;
Où, quand viendra le temps que les feuilles jaunissent,
Que les jours, rafraîchis, de bonne heure finissent,
Sur l'ordre qu'à Louis aura donné Maman,
Petillera dans l'âtre un bon feu de sarment.

Poursuivons. Je vous fais entrer dans la cuisine.
Elle n'a pas encore appétissante mine :
Ma venderesse en a fort peu fait nettoyer
Le plafond ni les murs, le sol ni le foyer.
Pour faire à Dorothée un beau laboratoire,
Nous aurons aux devis un article notoire,

Br.

Surtout pour nous donner le luxe, tout nouveau,
D'amener sur l'évier notre Conduite d'eau.

Vis-à-vis, une pièce à nos gens destinée.
Ils pourront y passer le temps de la journée
Où de leur ministère on n'aura pas besoin.

A côté, sur la cour, à droite, dans le coin,
La chambre de Louis, le serviteur fidèle[1],
Placé pour nous garder comme une sentinelle :
Déjà contre son mur il a mis, à deux clous,
Un pistolet d'arçon et le vieux coupe-choux
Que, soldat-citoyen, servant la République,
Il me fallut suspendre au flanc de ma tunique[2].
Les voleurs à deux fois ne s'y frotteraient pas.

Voilà ce que j'avais à vous montrer en bas.

Par l'escalier tournant arrivons à l'étage.
Il a, cet escalier, la tourelle pour cage.
Dix-huit marches de bois vous mènent au palier...
— « De bois ! C'est bien de bois qu'il est votre escalier?

---

1. Voir, ci-après, *Louis Pick*.
2. En 1848 et 1849, l'auteur était l'un des magistrats que la Cour d'appel de Colmar avait fournis à la garde nationale.

Cette habitation à vitraux, à tourelle,
N'est donc qu'un poulailler où conduit une échelle ?
Et vous l'osez offrir en ce piteux état,
Au maréchal de France, au conseiller d'État ?
Puisque de vos deux fils la double destinée
Par ces deux dignités doit être couronnée ? »
— Ta ! ta ! ta ! Calmez-vous, enfants, baissez la voix
On croirait qu'avec nous vous discutez parfois,
Vous disant, comme trop la jeunesse moderne,
Que, pour voir, les parents n'ont plus qu'une lanterne,
Qu'aux fils seuls le flambeau. Faut-il le répéter ?
Ce n'est pas un château que je viens d'acheter ;
Je n'en saurais avoir autre part qu'en Espagne.
Ne critiquez donc pas ma modeste campagne :
Songez à votre mère, et dites-vous, mes fils,
Quand je la lui donnai quel plaisir je lui fis.
N'empêchez pas qu'en beau toujours elle la voie :
Le moindre air dédaigneux lui troublerait sa joie.

Quatre mètres de large et trois de plus en long,
Voilà ce qu'à peu près mesure le salon.
Pour nous contenir tous c'est bien assez d'espace :
Cheminée, au-dessus une petite glace ;

Étagères, divans, six chaises, six fauteuils.
Des fenêtres, on voit ma cour et mes tilleuls,
Des villages nombreux, de fertiles campagnes,
Et le vert horizon que forment les montagnes.
La vue, en ce moment, est ce qu'on a de mieux.
L'intérieur n'a rien qui puisse plaire aux yeux :
Le meuble, en vieille laine, a cette rouge teinte
Qu'on dit particulière au raisin de Corinthe ;
Il est en acajou. Nous savons que ce bois
A perdu la faveur qu'il obtint autrefois ;
N'importe ! Bien qu'il soit acheté de rencontre,
Le meuble fait encore une passable montre.
Là nous l'avons trouvé, là nous le laisserons ;
Par les mains de Willmann nous le restaurerons [1],
Quand Morschwiller aura, de sa manufacture,
Envoyé les tissus d'une recouverture [2].

A gauche du salon, la chambre de Maman ;
Petite comme l'est tout notre appartement ;

[1] Le tapissier de l'auteur, à Strasbourg.
[2] Village du Haut-Rhin, où M. Édouard Hofer-Grosjean, beau-frère de l'auteur, a sa manufacture de toiles peintes.

Grande assez pour loger sa petite personne.
Sur la plus belle vue, à l'ouest, elle donne.
A l'embellir je veux que l'on n'épargne rien :
Songez qu'en ce bijou j'enchâsserai le mien !

J'ai dû me resserrer, quoique propriétaire :
J'occupe, en parallèle, un seul quadrilatère
De sept mètres de long, plus quelques fractions.
Il a fallu beaucoup de méditations
Pour qu'on pût y caser mon bureau, ma couchette,
— Un simple lit de fer, — ma table de toilette,
Et celle qui n'est pas une table de jour,
Une vieille commode en style Pompadour,
Un rayon à bouquins, un fauteuil et six chaises.

Chez moi, les visiteurs n'auront pas trop leurs aises,
Mais ils rendront justice à ma simplicité.
Comme Cincinnatus je puis être cité ;
Non pas que l'on m'invoque, en ma bibliothèque,
Comme lui dans son champ, contre le Volsque et l'Èque,
Mais je cultive aussi : Bientôt quelque flatteur
Viendra me comparer au fameux dictateur,

Et de ce vieux Romain dire que je suis digne,
Le sécateur en main, quand j'émonde ma vigne:

Ainsi, l'unique chambre où j'ai dû me nicher,
Est moitié cabinet, moitié chambre à coucher.
Pour en faire deux touts, un grand rideau de perse,
Ingénieusement en largeur la traverse.
J'aurai bien quelque gêne et de jour, et de nuit,
N'importe ! Quel bonheur dans mon double réduit !
Sa moitié cabinet, de facile abordage,
Donne sur le palier commun à tout l'étage.
Là viendront quelquefois mon maire, mon pasteur,
De braves paysans, Monsieur l'instituteur,
Qui voudront un conseil, une bonne parole
Sur ces grands intérêts : Mairie, église, école.
Là, quelques malheureux aussi se glisseront,
Et j'aurai pour chacun mon plus gracieux front.

Mais quand pour leur affaire, ou pour le Directoire[1]
J'aurai suffisamment taxé mon écritoire,

1. En 1850, et sur l'offre du Gouvernement, l'auteur, alors conseiller à la Cour d'appel de Colmar, avait accepté les fonctions de président du Directoire de l'Église de la Confession d'Augsbourg, dont l'administration supérieure avait son siége à Strasbourg.

Alors, et là toujours, et le verrou tiré,

A mon plus doux plaisir je veux rester livré :

A celui de fêter des maîtresses charmantes,

De pudiques beautés, de fidèles amantes,

Dont l'amour n'a jamais rien qui puisse salir ;

Par qui l'esprit, le cœur se sentent ennoblir ;

Qui, loin de l'énerver, font forte la jeunesse,

Réjouissent pour nous les jours de la vieillesse ;

Nous sont un ornement dans la prospérité,

Un consolant abri contre l'adversité,

Le charme du logis, nulle part une gêne,

Notre société dans la joie ou la peine,

Qui veillent avec nous, voyagent avec nous,

Qui nous suivent aux champs. — Les reconnaissez-vous

Ces maîtresses que j'ai dans ma chambre secrète ?

Cicéron défendant Archias le poëte,

Et poëte lui-même en discutant le droit,

A dit à l'univers ce que l'homme leur doit [1].

Si j'avais moins perdu le temps de ma jeunesse,

J'aurais pu de leurs dons me faire une richesse,

---

1. Voir note 3 à la fin du volume.

Et plus tard, homme fait, vieillard plus tard encor,
J'aurais usé, j'aurais joui de mon trésor.
Mais je prenais ces dons comme la fleur qu'on cueille,
Qu'on admire et respire, et qui bientôt s'effeuille :
A peine dans ma main, ma main la rejetait;
Un parfum fugitif tout au plus m'en restait.
Aussi, loin d'arriver, ma provision faite,
Dans le monde, bientôt j'y sentis ma disette;
La cigale, empruntant pour avoir trop chanté,
M'avait bien averti, mais sans utilité.
J'ai souvent avoué ma coupable indigence.
Elle a, du moins, trouvé partout quelque allégeance :
Quand, pour y suppléer, j'invoquais un ami,
Nul ne me répondait en avare fourmi.
J'ai moi-même sans cesse augmenté mon bagage :
Je ne réparais point l'*irréparable outrage*.
Ces aveux, un peu longs, je les fais volontiers,
Maintenant que mes fils ne sont plus écoliers.

Revenons au logis que j'étais à décrire.

De ma chambre à coucher je n'ai rien à vous dire.
Sur cette moitié-là je tire le rideau

Que j'ai dit séparer mon lit de mon bureau :
Ne montrons pas en tout ma chambre à double usage.

Ces quatre autres nous font le reste de l'étage :
Là, Roger et sa sœur ; là, leurs bonnes ; ici
Leurs parents. Ils seront logés en raccourci.
C'est à ces petits coins, Théodore, et vous, Jeanne,
Que l'exiguïté du *home* vous condamne.
Mais, pour vous attirer, l'indispensable aimant
Ne sera pas, j'espère, un vaste appartement.
Je ne puis à personne en fournir à la toise.
Vous en aurez toujours autant qu'en Seine-et-Oise [1].
Je vous ai dit de quoi je me suis contenté :
Je me livre en exemple à ma postérité.

Maintenant, comment dire en passable langage
Des lieux où nous touchons le secourable usage ?
L'entreprise n'est pas sans me gêner un peu.
Si Vatout, célébrant l'illustre maire d'Eu [2],

---

1. A Ville-d'Avray.
2. *Le Maire d'Eu*, chanson d'une certaine célébrité, par M. Vatout, député ; de l'intimité du roi Louis-Philippe ; auteur de plusieurs ouvrages dont le principal : *Souvenirs des résidences royales.*

A sous des nez royaux amené le sourire,
Ma lyre à moi n'est pas la délicate lyre
Qui lui fit découvrir jusqu'en quels lieux communs
La poésie est apte à prendre ses parfums...

Ce réduit, tout au bout de cette galerie...
Non ! le nommer ferait rougir ma pruderie :
Sganarelle lui-même, en termes réscrvés,
L'indique en demandant : Va-t-elle où vous savez ?
Et Géronte devine. Eh bien ! devinez comme,
A cette question, devine le bonhomme,
Et tâchez d'aller là sans être secourus
Par ce qu'aurait prescrit quelque Diafoirus.

Cet endroit que de voir, mes fils, je vous dispense,
Est près de sa ruine et de sa renaissance :
Nous le rebâtirons, l'appendice si laid
Qui cache son emploi sous un air de chalet.
Il sera beaucoup mieux à la saison prochaine.

De même, un autre endroit qu'aussi veut l'hygiène :
Le cabinet, plus grand, où l'on va s'isoler

Moins souvent qu'en celui dont je viens de parler ;
Où l'être humain, sur lui, n'a guère de parure
Que le plus ou le moins qu'il en tient de nature,
Qui l'y revent sans voile, et le dépouille, là,
De tous ceux sous lesquels l'art la dissimula.
Bref, l'utile plaisir qu'en secret on s'y donne,
Est celui qu'en plein air la fille de Latone
Et ses nymphes prenaient, quand Actéon jeta
Sur elles le regard qui si cher lui coûta.

Visitons à son tour la région mansarde :
A ces frêles degrés en sapin prenez garde !
Mon devancier de moi bien mieux eût mérité
Si pour cet escalier il eût tout emprunté
A l'arbre au gui sacré que cueillait le druide.
Avec toute prudence il faut que je vous guide.
Ces degrés rarement devraient être gravis,
Si je veux échapper à de nouveaux devis.
Mais quand seront logés là-haut mon militaire,
Son brosseur, dont il faut l'utile ministère,
Trois femmes : Camériste, et bonne, et cordon bleu :
Lorsque, tous, du matin jusques au couvre-feu,

Useront, à défaut d'escalier de service,
Celui dont ma tourelle emprisonne l'hélice,
Et n'y poseront point toujours à pas de loups,
Ou leur semelle simple où leurs souliers à clous,
Comment espérer voir ces Abiétinées
Résister bien longtemps, à ce point piétinées ?

Sur l'extrême palier où nous sommes conduits,
Voici la chambre à linge et celle pour les fruits ;
Celles de l'officier ; celles que je destine
Aux femmes qui seront de chambre ou de cuisine.
Ici, quatre placards pratiqués dans le mur,
D'une foule d'objets magasin vaste et sûr.
Puis, au-dessus de nous, le grenier pour étendre
Ce que mouille un bébé dans un âge encor tendre.
De cette région tels sont les divers lots...
Quittons les bâtiments ; revenons à l'enclos.

V.

Cette place sablée, à demi circulaire,
Gardée en tout moment de la chaleur solaire

Par ces arbres touffus qui lui font un rideau,
Derrière la maison, en face du jet d'eau,
Est un terrain commun pour travailler, ou lire,
Ou causer : Liberté dans mon agreste empire !
C'est là, quand les enfants ne sommeilleront pas,
Que nous pourrons parfois sourire à leurs ébats.
Pourtant, si tel d'entre eux est méchant, ou dérange,
On lui dira : Va-t'en plus loin, mon petit ange !

Montant, peu sablonneux, pas du tout malaisé,
A gauche, est un chemin tout de sapins boisé.
Au sommet, à l'endroit où s'élargit l'espace,
S'offre à votre paresse une mousseuse place.
Par le plus beau sapin, — du moins de ceux que j'ai, —
Aux heures du soleil le sol est ombragé.
Notre Buen-Retiro, que d'ici l'on domine,
Flanqué de sa tourelle, a vraiment bonne mine.

En tournant, dans le coin, ce chemin arrondi,
Nous trouvons un long mur qui nous borne au midi,
Tout garni d'espaliers, mais fort peu frugifères,
Et ce que dans mon bien j'appellerai *mes terres,*

Savoir, mes plants du jus que l'on doit à Noé ;
Que buvait la Bacchante en criant : *Evohé !*
Elles étaient, dit-on, ces tiges précieuses,
En des mains trop souvent de leur sort oublieuses.
L'homme que j'y prépose, un fort, un professeur,
Mais en autre savoir que mon prédécesseur
Qui fut un des flambeaux de la philosophie,
M'a fait voir mon vignoble allant à l'atrophie :
Des pieds avaient péri sans être remplacés ;
D'autres apparaissaient maigrement espacés,
Beaucoup de l'échalas réclamaient la tutelle,
Et tous en arrivaient à la langueur mortelle,
Faute du réconfort que l'on appelle engrais.
De l'arriéré, c'est moi qui vais payer les frais.

Et cependant à voir ce que ma vigne porte,
Malgré tous ses malheurs elle semble encor forte :
Phébus, en redoublant les feux de cet été,
A de cette Sara fait la fécondité.
J'aurai cette vendange, et me dirai, pour celles
Que l'on espérera de mes vignes nouvelles,
Le *pyros insere* de Ménalque à Daphnis.

Encore une façon de *sic vos non vobis,*
Mais qui n'a, comme un legs, qu'un effet d'outre-tombe.

Ici, c'est en arceaux que ma vigne retombe :
En une forte treille on la voit s'allonger
Sur deux des quatre bords qu'offre le potager.

N'attendez pas, mes fils, que je vous énumère
Mes carrés d'épinards, de pois, de scorsonère,
De salade, de choux, ces légumes communs.
J'avais six artichauts, ils sont déjà défunts.
Sous deux châssis vitrés, poussent, en même nombre,
Ce qu'on dit des melons ; mais ce n'en est que l'ombre :
Ils ne sont jusqu'ici que de la grosseur d'œufs,
D'autruche un, trois de poule, et de pintade deux.
Au quinze de juillet voilà ma melonière !
La dame de céans a droit d'en être fière,
N'est-ce pas ? En disant ce contingent chétif,
Qu'elle use sans orgueil du pronom possessif.

Qu'avec humilité, de même, elle vous donne
La situation de sa pauvre Pomone.

Au moment d'acquérir, nous n'avions pas douté
Que nous n'applaudissions à sa fécondité.
Nous n'imaginions pas qu'arbres et que déesse
Dussent être, à peu près, d'une égale vieillesse.
— Ces arbres-là n'ont point l'apparence pour eux,
Disions-nous. — On trouvait l'arrêt bien rigoureux :
Si mai n'en avait pas ramené la verdure,
C'était le triste effet de la longue froidure...
— Ils semblent présager pleine absence de fruits :
— C'était le hanneton qui les avait détruits,
Mangeant *jusqu'aux boutons, douce et frêle espérance ;*
Plus tard, je les aurais en vraie exubérance :
Le prix en gonflerait ma bourse au bout de l'an...
De ceux de cette année écoutez le bilan :
Je me loue, en passant, des fraises, des framboises ;
Elles se sont pour nous fait voir assez courtoises.
La groseille, qu'on dit groseille à maquereaux,
M'a, libéralement, fait son lot le plus gros,
Mais ce fruit est de ceux que fort peu chacun prise.
C'est un plat exigu qu'a rempli la cerise.
L'abricot n'aurait pas accru d'une unité
Des pâtes de Clermont le disque trop vanté :
Ils étaient sept ! Petits comme des sept-en-gueule.

La reine-claude pousse au nombre... d'une seule !
La mirabelle annonce un bien petit panier.
Veuf de son ovoïde est partout le prunier.
De vos seize éventails, mes espaliers à poire,
Les rayons ne sont pas à dire votre gloire :
Aux rameaux qu'on vous voit étaler fièrement
Vos fruits, que j'attendais, pendent six seulement.
Si je vends mes produits, ce n'est pas de mes pommes
Que j'imaginerai tirer de fortes sommes :
Le berger Phrygien, sur ces troncs rabougris,
N'eût pas trouvé de quoi donner son fameux prix :
A peine un accessit pour Junon ou Minerve.
En revanche, de coings abondante réserve,
Fruit qui m'est, en gelée, en pâte, indifférent ;
Inutile, en sirop d'un moderne Fleurant.

Tout près de la maison trois chétives corbeilles :
Un rang d'asters, longeant une de mes deux treilles ;
Cinq rosiers élancés, dix dahlias communs ;
Quelques pétunias sans couleurs ni parfums,
Voilà tout ce que Flore a pour nous de parure.
Elle voudra qu'ici nous aidions la nature.

Ces tableaux, qu'illumine un soleil de juillet,

Ces vers dont je noircis mon trentième feuillet,
Vous feront, mes chers fils, suffisamment connaître
Le prétendu château dont vous me savez maître.
Tel qu'il est le voilà. — Vous y pourrez passer
Vacances et congés, aux environs chasser :
La plaine, les forêts que l'horizon y montre,
Doivent être terrains à fréquente rencontre
De la plume ou du poil, — on dit ainsi, je crois, —
Avec les chiens d'arrêt ou chassant de la voix.
Ou bien, dans la Mossig, à l'onde peu proprette,
Votre hameçon prendra le goujon et l'ablette.
Mais pour truite ou brochet n'apprêtez point d'appâts,
Par la bonne raison qu'ils ne s'y trouvent pas.

VI.

Ces chambres, ces gazons, ce jardin, ce parterre
Sont ceux où vous verrez votre *petite mère*
Livrée aux soins qu'il faut à son mignon manoir ;
Désireuse, surtout, de vous bien recevoir ;
Prête à faire de vous comme des coqs-en-pâte,
Car dès qu'elle vous tient il faut qu'elle vous gâte.

Elle ne vous veut point du seul séjour charmés :
Ses menus ne seront que ceux que vous aimez.
Vous savez Dorothée habile aux plats d'Alsace.
Pour eux votre estomac garde un amour vivace,
— Mais leurs noms, par Phébus ! sont à désespérer
Qui dans des vers français voudrait les faire entrer ; —
Et Strasbourg fournira, des meilleures fabriques,
Tous ceux qu'ignoreraient mes fourneaux domestiques.

Voilà notre campagne et ses séductions,
Mes fils ! C'est un portrait exempt d'illusions :
On ne me la vendit proprette ni jolie,
Mais quelque réconfort l'aura vite embellie.
Venez nous en donner votre avis tous les deux,
Accompagné, l'aîné, comme j'ai dit. Je veux
Qu'ensemble vous disiez ce qu'en dit votre père :
« Aucun lieu ne me plaît comme ce coin de terre ! [1] »

13 juin - 17 juillet 1865.

[1]. *Ille terrarum mihi præter omnes*
Angulus ridet.

(HORACE.)

MA CAMPAGNE

III.

LA POSE DE MA CONDUITE D'EAU

TROISIÈME SCHARRACHBERGHEIMOISE

> *Nunc est bibendum !*
> (HORACE.)

Le soleil est brûlant et l'atmosphère est lourde.
Quinze hommes vers le sol, et dedans, sont courbés,
En un même travail tous les quinze absorbés.
Chacun, la pioche en mains, creuse ; — une rumeur sourde
Bruit au fond du gouffre où leurs coups sont tombés.
De leurs lèvres parfois ils approchent la gourde,
Dont le vin excitant remplit les flancs bombés.

On dirait qu'à la hâte ils ouvrent la tranchée

D'un siége, et qu'à l'assaut ils vont monter d'un bond.

La pelle, sur les bords de ce ravin profond,

Verse, élève en talus la terre desséchée

Que le pic acéré détache et brise au fond.

On a donné deux chefs à la troupe penchée,

Et l'ordre du premier passe par le second.

Trois autres travailleurs font la phalange entière [1],

Mais aux deux surveillants ils n'obéissent pas :

C'est pour eux que des quinze on stimule les bras.

Les quinze sont devant et les trois sont derrière ;

L'un nivelle le sol, compte, et, tous les trois pas,

Fixe en la profondeur de la béante ornière

Des briques, qui feront comme un long matelas.

Il marche à reculons ; les autres à sa suite,

Et, comme le premier, l'un d'eux à reculons ;

On leur tend, bien mouillés, des tubes rouges, longs,

Dont chaque extrémité, de fort ciment enduite,

---

1. Un contre-maître et deux ouvriers poseurs, de M. Constant Zeller, d'Ollwiller (Haut-Rhin), de qui toutes les fournitures pour la *Conduite*.

Est posée avec soin sur les briques-jalons,
Couverte d'un manchon, de même en terre cuite.
Ils sont d'argile aussi ces étranges filons.

Les dix-huit au travail mettent tout leur courage ;
Les fronts sont ruisselants sous l'ombrageant chapeau.
Et pourtant la gaîté règne dans ce tableau.
Des heures de repos coupent celles d'ouvrage,
Auxquelles on revient avec un feu nouveau.
— Pourquoi l'accomplit-on, ce travail humifrage ?
C'est que dans ma campagne il doit amener l'eau.

A venir jusqu'à moi, non qu'elle récalcitre :
En source vive elle est dans ma propriété.
Ce trésor, à mon bien autrefois ajouté,
Le complète en vertu d'un ancien et bon titre.
Il brave Réaumur en sa mobilité,
Et dans ma Chambre d'eau quinze cents fois le litre,
Invariablement, se maintient répété.

Mais, depuis bien longtemps, du haut de sa colline
Elle n'arrivait plus qu'en filets amaigris,
Par des tuyaux ligneux, de vieillesse pourris,
Bouchés de-végétaux tressés comme en fascine.

Dans toute la *Conduite,* à peine aurait-on pris
L'équivalent des pleurs d'une honnête Carine.
Mon eau coule à présent. Mais je sais à quel prix !

C'est en un petit bois, où domine le frêne,
Au pied du mont Scharrach, le Rigi d'alentour,
Et que doivent mes vers célébrer à son tour[1],
Qu'est ma source. Elle sourd, tranquille se promène
Un demi-kilomètre, et fournit, chaque jour,
Dans mes deux réservoirs, mon jet d'eau, ma fontaine,
Gens et sol. — Il n'est point de bête en mon séjour.

Eh bien ! depuis dix jours, à sa tâche acharnée,
La troupe des dix-huit au soleil travaillait :
Les quinze avaient voulu que le quinze juillet
L'eau dans sa pierre à sec fût enfin ramenée.
Pour aller se coucher Phébus se recueillait,
Quand les mots : « C'est fini ! » partirent. — La journée
Mérite en ma chronique un splendide feuillet.

Alors, le chef-poseur va retirer la bonde
Qui retenait encor le liquide amassé,

1. Voir, ci-après : *Ma campagne. Son nom.*

Et sa main dans le trou promptement a glissé
Le dernier des tuyaux conducteurs de mon onde.
— Le premier, si l'on veut, étant ainsi placé. —
Il revient dans la cour, met en cercle son monde
Et crie : « Attention ! L'œil au goulot fixé ! »

Et chacun de tenir une oreille attentive :
(Le crépuscule avait enveloppé les cieux,
Et ce n'était assez d'écarquiller les yeux.)
— Je l'entends !

    — Pas encore !

       — Elle tarde !

          — Elle arrive !
— Sa route est longue !

      — Au moins quatre cents mètres !

         — Mieux !...
A la fin, l'eau jaillit, claire, abondante, vive,
Et la troupe des vingt pousse un hourra joyeux.

Bientôt ils font en chœur tonner leur allégresse.
Pour accompagnement, des coups de pistolet.
Un tremble dans mon bois la veille encor tremblait :
En mai banderolé fièrement il se dresse.

Le chœur, tout en chantant, me vide un tonnelet
Du vin du cru que m'a cédé ma venderesse ;
Il s'en faut de bien peu qu'on n'en vienne au ballet.

C'est de la joie en cris, en vivats, en gros rire ;
Les visages ont tous l'éclat du bécharu.
Pas un mot cependant, pas un geste incongru.
Vingt sous d'extra par homme augmentent ce délire,
Et, quand est épuisé le tonnelet du cru,
La bande acclame encor Monsieur, et se retire.
Au couvre-feu sonnant ils avaient disparu.

Pourtant ce n'était pas, — je complète l'histoire, —
Qu'ils dussent au logis rentrer dès ce moment.
On m'a dit qu'au village ils avaient, longuement,
En cortége, porté leur joie ambulatoire ;
Et comme ils s'étaient fait, le samedi, serment
Que dès le lendemain on boirait mon pourboire,
Le dimanche ils l'ont bu religieusement.

Scharrach, 4 août 1865.

LES METS ALSACIENS

MES·DEUX FILS

(Août 1865)

Quand l'auteur de vos jours, récent propriétaire,
Vous faisait le tableau de sa petite terre,
Et que, sans les nommer, il indiquait, chers fils,
Quels plats, aimés de vous, vous y seraient servis,
J'ai dit que, dans ses vers, aux noms des mets d'Alsace
Un poëte français ne saurait donner place[1].
Mais, bah ! puisque Boileau, dans son *Épître au Roi*[2],
Des plus barbares mots a pu trouver l'emploi,
Je veux, — non que je sois poëte au même titre, —
Que les noms de ces mets entrent dans une épître :
Il se pourrait fort bien que la postérité

[1]. Page 211.
[2]. Épître IV.

N'en sût pas maintenir toute la pureté.

Qu'à tout événement, ma muse alsacienne

Dans ces vers,—qui vivront, j'en suis sûr,—les maintienne.

Vous prisez, à l'égal des plus friands morceaux

Qu'on demande à Véfour, aux Frères-Provençaux :

Les *Knaepffle,* variés selon qu'on y combine

Pomme de terre, foie, ou semoüle ou farine,

Ces boutons, — je traduis, — dont les moindres sont gros

Comme ceux que l'on coud aux vestes des pierrots ;

Les *Nudeln* [1], pâte aux œufs, que l'art des cuisinières

Aplatit, roule et coupe en milliers de lanières,

Qu'au mets du lazzarone on compare parfois,

Et que vous saluez de l'œil et de la voix ;

— *Nouilles,* pour le français : — Votre assiette se vide

Du mets au naturel, y formant pyramide,

Puis, vous en arrosez un contingent nouveau,

De sauce à la poulette, ou d'un bon jus de veau ;

Les *Wasserstriewle* aussi, cet autre farinage

Qui, liquide d'abord, s'affermit et surnage

Alors qu'un entonnoir du plus poli fer-blanc

Dans une onde fumante en verse le ruban ;

1. Prononcez *Noudlen,* l'*e* restant muet.

Le *Sauerkraut* [1], ce chou qu'on fait devenir aigre,

Assaisonné de sel, de poivre et de genièvre,

En lanières aussi, d'abord, coupé menu,

Et qu'en des tonnelets on laisse contenu

Jusqu'au jour où l'on sert de ce légume étrange,

Infect quand on l'en sort, mais qui, lavé, se mange

En mets délicieux dont le jaune opalé

Reflète le carmin d'un beau petit-salé.

Du mot alsacien nous avons fait *Choucroute;*

L'ancien était de ceux que le Français redoute :

Son gosier pourra bien laisser passer le mets,

En prononcer le nom d'origine, jamais.

Vous savez faire honneur au pudding, un peu vague,

Œuvre du charcutier, et qu'on dit *Schwârtemâgue* [2].

Vous montrez au *Presskopf* [3] un surcroît d'appétit.

De même aux cervelas appelés *Gepressti* [4].

Knackwürst, Professerswürst, spéciales saucisses [5],

Ont fait souvent, feront encore vos délices,

---

1. Prononcez *Saourkraoutt.*

2. *Schwartenmagen,* mot que, par corruption, l'on prononce comme il est
écrit dans ce vers. C'est notre fromage de cochon.

3. Le *Presskopf* en est l'équivalent, mais se dit plus particulièrement d'une
hure désossée.

4. Prononcez *Guépressti.* Cervelas pressés, secs et très-durs.

5. Le *Knackwurst,* prononcez *Knackwourst (saucisse qui craque)* saucisse,

Et vous n'opposerez nul dédaigneux refus
Au *Cervilâ-Salât*[1], non plus qu'au *Mülefüss*[2].

Si, des plats épicés de la charcuterie,
Nous passons aux trésors de la pâtisserie,
A ce qu'elle pétrit de doux ou de salé,
Je suis sûr de vous voir sourire au *Schenckelé*[3],
Au *Ziwelewaïe,* au *Flammkuchen,* galette[4]
Mince, qu'il faut servir sur claie ou sur planchette,
Parce que nul logis n'aurait assez grand plat

longue et mince, que l'on fait cuire, soit dans l'eau bouillante, soit sur le gril, et qui éclate, juteuse, quand on y porte la dent, — vraie manière de la manger, — ou, si l'on n'y mord pas, le couteau.

Le *Professerswurst (saucisse du professeur)* n'est qu'un Knackwurst raffiné. On le préparait, dans l'origine, pour les professeurs de l'Université de Strasbourg, qui avaient l'habitude de se fractionner, une fois par semaine, pour souper en petits cercles d'amis (Kraenzel). Aujourd'hui encore, ces saucisses, dont un charcutier a le monopole tacite, ne se font que le mardi, jour consacré à ces anciennes réunions fragmentaires.

1. Salade de cervelas, par corruption *Cervilâ.*
2. Salade de pied et de mufle de bœuf (*Maul und Fuss*).
3. Le *Schenckele.* Petit-four compacte, où domine l'amande pilée. Il a la forme d'un tout petit saucisson.
4. Le *Flammkuchen,* prononcez *Flammkouchen,* l'*c* restant muet (*gâteau de flamme* ou *à la flamme*), en pâte de pain, étendue aussi mince que possible et en très-grande longueur ; cuite au four à pain ; très-croquante et qu'on sert brûlante, saupoudrée de sel et de cumin, après y avoir espacé de petits morceaux de beurre frais.

Où dans sa longitude un tel mets s'étalât;

Au *Kugelhopf*[1], — encore un nom gênant à dire,

Et que je ne saurais passablement traduire, —

Gâteau que l'on élève en espèce de tour,

De la base au sommet toute percée à jour,

Variant de grosseur, allant jusqu'à l'énorme;

Dont ce même sommet, dans le cercle qu'il forme,

Dont le flanc se fait voir d'amandes incrusté,

Et que, communément, on sert avec le thé;

Aux mielleux *Lebküchlen,* ces légers pains d'épices

Qu'un sucre blanc, glacé, pare de couches lisses;

Aux rouleaux enlacés qu'on dit *Fasten-Brezel*[2],

Dont les luisants contours se saupoudrent de sel,

Dont la pâte n'admet que l'eau dans sa farine,

Que je trouve excellents, surtout quand y domine,

Venus des bons faiseurs, le cumin odorant.

Il est brezel aussi d'un genre différent,

Où se pétrit le beurre, et compagnon fidèle

Du café du matin auquel le lait se mêle.

J'aime mieux le brezel dont l'excitant s'unit

1. Prononcez *Kougelhopf.*

2. *Brezel de Carême.* On varie sur l'étymologie du mot Brezel, que d'aucuns écrivent *Breitstelle.*

A l'amère liqueur que le houblon fournit.

J'en passe, et des meilleurs. — Ils nous sont bonne chère,
Ces mets que dans mes vers paternels j'énumère,
Et je me sens heureux de leur avoir rendu
Cet hommage rimé, qui leur était bien dû.
A traiter ce sujet, nul poëte de France
Ne voudra, j'en suis sûr, me faire concurrence :
Ils n'y peuvent avoir autre barde que moi.

Ne fais-je point, mes fils, pâlir l'*Épître au Roi*?

Scharrach.

MA CAMPAGNE

IV

LA JUIVE

QUATRIÈME SCHARRACHBERGHEIMOISE

C'est un tableau de genre : On voit dans mon village
Une petite vieille, au teint pâle, à l'œil creux,
— Et très-vif, cependant, comme tout œil fiévreux, —
Qu'ont maigrie, énervée, et la misère, et l'âge ;

Juive ; à mari perclus. — Longtemps on travailla ;
On ne peut plus. — Ces gens n'ont d'aide, en leur détresse,
Que les dons de deux fils, dignes de leur tendresse,
Les seuls qu'à ce Jacob ait donnés sa Lia.

L'aîné fait le labour chez un juif qui cultive ;
Il a soixante écus de gage annuel. — Quant
A l'autre, de chiffons, d'os, il va trafiquant,
Puis, avec son subside, à son tour, il arrive.

Elle accepte un bienfait, mais ne demande rien.
Elle a sa dignité ; quoique pauvre, est proprette,
Et vous seriez surpris, en voyant sa chambrette,
Du soin qu'elle sait mettre à l'entretenir bien.

Vous y remarqueriez, la veille des dimanches,
Un tapis que sa main dès le vendredi bat,
Et, le soir de ce jour, la lampe du sabbat,
Dans l'éclat, maintenu, de son cuivre à sept branches.

La pauvre créature est assise, le jour,
Ou bien devant sa porte, ou bien à sa fenêtre.
D'un salut triste et doux son œil noir me pénètre
Quand je quitte mon seuil, ou quand j'y fais retour.

Car, vis-à-vis de moi demeure cette femme :
Entre nous, tout au plus, dix mètres de chemin...
Voici bientôt deux mois, elle me prend la main,
Et, d'un accent brisé, qui me remuait l'âme :

« Secourez-moi, dit-elle, en mon chagrin cuisant !
Notre fils est conscrit de la présente classe !
— C'est l'aîné. — Lui parti, que veut-on que je fasse ?
Dites, vous le pouvez, dites qu'il soit exempt ! »

Il lui fut épargné, le cruel sacrifice !
Son enfant, son soutien, l'État le lui rendit.
Elle ne l'imputa qu'à mon puissant crédit,
Voyant une faveur où n'était que justice.

Quand elle eut ce bonheur si gros, j'étais absent.
Du prétendu crédit toujours plus assurée,
La vieille, tout un mois, épia ma rentrée
Pour me prouver qu'elle a le cœur reconnaissant.

Elle s'en vient offrir, l'autre jour, à ma femme,
— C'était bien le denier du pauvre, — six œufs frais,
Et puis : « Qu'avec bonheur je vous embrasserais,
Si vous le permettiez, lui dit-elle, ô Madame ! »

Que restait-il à faire après ces humbles vœux ?
Prendre les œufs ? Et puis, tendre au baiser la joue ?
Plus d'un eût hésité. Ma femme, je l'avoue,
Du double don offert n'accepta que les œufs.

Scharrach, 19 juillet 1868.

MA CAMPAGNE

V

SON NOM

CINQUIÈME SCHARRACHBERGHEIMOISE

> ..... *Nomen habes averso fonte sororum*
> *Impositum,.....*
> *Quod nec Melpomene, quod nec Polyhymnia possit,*
> *Nec pia cum Phœbo dicere Calliope.*
>
> (MARTIAL.)
>
> ..... *Mihi istoc nomine*
> *Dum scribo, explevi totas ceras quatuor.*
>
> (PLAUTE.)

I

Je veux vous expliquer, gens de langue française,
Le sens du nom germain que porte mon Tibur,
Et qu'à faire sortir vous seriez plus à l'aise,
Moins incommensurable et, moins encore, dur.

Et puis, je vous dirai comment on le partage.
Pour donner au gosier quelque soulagement :
De quatre mots distincts bien qu'il soit l'assemblage,
Vous ne le direz plus que de deux seulement.

II

SCHARRACHBERGHEIM ! Ainsi mon Cottage s'appelle ;
Mais il est bien joli, si ce nom est bien laid !
Douze fois la consonne et cinq fois la voyelle
Ont dû se mélanger pour le donner complet !

C'est beaucoup. Et, pourtant, voyez ce que j'y gagne !
L'ami prêt à m'écrire a bien souvent dit : Bon !
Moins de temps me prendra ma course à sa campagne
Qu'une lettre et l'adresse à cet immense nom.

Et je reçois l'ami, qui de ce nom se moque,
Tout en le prononçant mieux que je n'aurais cru.
Il déjeune avec moi : quelques œufs à la coque,
Du beurre, un morceau froid, et mon bon vin du cru.

Nous causons. Son tiket de retour nous sépare,
Lorsque le chef de gare a sonné le signal ;
Et le réseau de l'Est tire du nom barbare
Un profit qui défaut aux agents de Vandal[1].

III

Mais de bien autre chose il s'agit à cette heure :
J'ai sur *Scharrachbergheim* à faire ma leçon.
Or, on a dans ce nom, que subit ma demeure,
Troupe armée, et *Vengeance,* et *Montagne,* et *Maison.*

Schaar, c'est la *Troupe armée* et *Rache,* la *Vengeance ;*
— Otez du premier mot un A, du second l'E, —
Berg, c'est *Montagne,* et *Heim, Maison, Bien, Résidence,*
Tout cela dans un nom, un seul, accumulé !

On pourrait aisément en faire une charade :
Mon premier, mon second, et cætera. — Mon tout

1. M. le directeur général des postes.

Serait pour mes amis le toit d'un camarade,
— Toit moins grand que son nom, — de juin à la fin d'oût.

De cette époque-là jusqu'après les vendanges,
D'êtres encor plus chers ma maison se remplit :
Enfants, petits-enfants, — ceux-ci trois petits anges, —
Ne laissent plus chez moi vaquer le moindre lit.

Vous serez aux trois mots : *Schar*, *Berg* et *Heim*, où l'*H*
S'aspire cependant, bien vite accoutumé ;
Mais *Rache !* Celui-là, croyez-vous, rime en *ache ?*
Eh non ! il se gutture et rime en E fermé.

Imaginez sur *Rach* un accent circonflexe,
Et du fond du palais rejetez-moi le son
Du CH allemand, sourd, incertain, complexe,
Comme on fait du gosier l'arête d'un poisson ;

Dites *Rach ;*

 — *Rach ;*

  — Mieux !

   — *Rach.*

    — Bien ! Vous le tenez presque :
Un peu de gymnastique et votre affaire ira ;

Et songez qu'en *Scharrach* le CH tudesque
Ne fait au bout du mot *rache*, ni *rac*, ni *ra*.

IV

Le *Scharrach*, — il est temps qu'enfin je vous le dise, —
Est un mont. — Francisons le nom de mon séjour :
C'est : *Au pied du Scharrach la résidence assise.*
Vous voyez que c'était simple comme bonjour.

D'où le mont a-t-il sens : *Troupe armée* et *Vengeance?*
Arbre de liberté, sur son sommet chenu,
De par Quatre-vingt-treize, un tilleul se balance ;
Mais ce n'est pas de là que le nom est venu.

D'ouvrages suédois on y trouve les restes ;
Ils rappellent ici la guerre de Trente-Ans ;
Cette guerre est, sans doute, au rang des plus funestes ;
Mais le sinistre nom ne vient pas de ce temps.

Au sujet de ce nom, voici le bruit qui passe ;
— Prenons-le tel qu'il est : — A l'époque où le Hun

En était à piller, à ravager l'Alsace,
— Ce fut, dit-on, en l'an quatre cent vingt et un, —

Ne pouvant supporter l'excès de leurs misères,
Poussés au désespoir, nos braves paysans
Firent aux irrupteurs qui désolaient leurs terres
La guerre qui se dit : Guerre de Partisans.

Entre toutes souffrait la contrée où nous sommes.
Dans un jour de bonheur, nos rustiques héros
Surprennent les bandits, — à peu près sept cents hommes, —
Eux en nombre assez grand pour leur casser les os.

C'était près de Kirchheim. Mes Huns, mis en déroute,
Se sauvent sur le mont, alors couvert de bois,
Au point qui garde encor traces de la redoute
Où se sont retranchés, depuis, les Suédois.

Les Huns, bien vainement, avaient sur cette fuite
Compté pour échapper aux plus terribles coups :
Les pieds des Partisans allaient encor plus vite ;
Ils rattrappent les Huns et les massacrent tous.

V

Voilà la *Troupe armée* et voilà la *Vengeance*.
Mais le nom chroniqueur dit trop brièvement :
Saurions-nous, par lui seul, à qui, de qui l'offense ?
Qui s'est vengé ? De qui ? Dans quel endroit ? Comment ?

Qu'on aille même à dire: « Au temps où la contrée
« Souffrait de tous les maux que lui faisait le Hun,
« Par une troupe armée une autre est rencontrée,
« De l'une il n'est resté pas un homme, pas un,

« On se vengeait. » — Devine ! — Et même qu'on ajoute :
« Huns l'une, paysans l'autre »; convenez-en,
Vous n'en saurez pas mieux qui fut mis en déroute,
Ni qui l'on massacra, du Hun, du Paysan.

Ce grand événement, par une heureuse chance,
Eut son historien, véridique, précis :
C'est bien le Paysan qui goûta la *Vengeance;*
C'est bien le Hun qui fut, en *Troupe armée*, occis.

On dit qu'en neuf cent-un le fait que je relate
Se lisait chez l'Évêque en un vieux parchemin ;
Quatre cent trente-cinq, telle en était la date.
Dit-il vrai ? Je n'en veux pas mettre au feu ma main.

VI

Ma promesse, ma tâche, est à moitié remplie....
— A moitié ! dites-vous, à moitié seulement ?
Encor cent quatre vers ? Le professeur s'oublie !
— Rassurez-vous : je vais clore dans un moment.

Ne me reste-t-il pas à dire, en cette étude,
Qu'il n'est pas exigé, pour désigner mon Bien,
De laisser à son nom toute sa longitude ?
Que de ses quatre mots deux y suffisent bien ?

VII

Souffrez donc que j'arrive à ma leçon complète ;
Voici : Ce nom, si long qu'il prend dans l'alphabet

Dix signes, au milieu desquels il en répète
Deux deux fois et trois une, — additionnez ! dix-sept, —

Et qui semble formé de rocs que l'on entasse,
Se traduit par : *Bergheim sis près du Scharrach.* Or,
Ce nom Bergheim, il est très-commun en Alsace ;
Même au delà du Rhin il se retrouve encor :

On a Bergheim-le-Haut, le Bas, Bergheim du Centre,
Soit ! qu'à leur nom vulgaire ils restent condamnés :
Le mien, au nom unique, historique, que diantre !
Doit sortir de la foule et relever le nez.

Je date de *Scharrach,* canton de Wasselonne,
J'y donne mon adresse, et Bergheim retranché
N'a pas encore fait que chose, ni personne,
Devant venir à moi, m'ait en vain recherché.

Je ne dis que *Scharrach.* Adoptez cet usage,
Et ne vous croyez pas tenus au nom entier :
Qui l'écrit, le prononce ainsi réduit, ménage
Temps, plume, encre et, surtout, ses muscles du gosier.

Aussi, du mot Bergheim, mis en surabondance,
Un décret, comme suite à ce procès-verbal,
Va purger l'*Almanach des Communes de France,*
La carte de l'Empire et mon sceau communal...

VIII

De ce cours d'allemand voici la strophe ultime :
Vous en avez assez de mon *Scharrachbergheim.*
Le français à ce nom refusant une rime,
Telle quelle au latin je la prends : *Requiem !*

Scharrach, 3 septembre 1868.

TÉLÉGRAMME

Envoyé à Paris, pendant le dîner du baptême de ma petite-fille Juliette.

(14 décembre 1868)

Enfants, notre vieux tête-à-tête
Est en pensée à votre fête :
Il faut qu'il se borne à cela.
Il a prié pour Juliette.
A la santé de la fillette
Une demi-Moët coula.

Puisqu'il ne peut se trouver là
Où vous fêtez la Chrétiennette,
D'un bon baiser embrassez-la,
Et pour moi-même, et pour *Mèrette,*
Et qu'elle envoie une risette
A grand'maman, à grand-papa.

Strasbourg.

LA BOUTEILLE DE KIRSCH

A M. ANDRÉ SAYOUS

*... Plus collaturus, nisi a verecundia tua
sola mediocritate munusculi impetrari posse
confiderem, ne recusares.*

(PLINE LE JEUNE.)

Dans un de ces billets que, tout bourgeoisement,
Nous échangeons parfois, sans qu'aucun secrétaire,
Plume du Directoire ou bien du Ministère,
Pour l'un écrive à l'autre, et réciproquement,
e vous faisais savoir que j'étais au moment
D'avoir, très-abondant et de nature exquise,
Le suc que l'alambic fait rendre à la cerise,
Et que tant vous aimez. J'ajoutais : Aussitôt

Que mon cellier aura le précieux quartaut,
Je vous demanderai cette liberté grande
D'en extraire une part, une amicale offrande,
Dont chez vous en mon nom l'*Est* fera le dépôt.

Vous avez, à l'avis, fait la petite bouche,
O mon cher Directeur ! Et soudain, répondant
A la tentation offerte : « Président,
La proposition », avez-vous dit, « me touche ;
Je sens tout ce qu'elle a d'aimable, et, cependant,
Je n'y crois pas devoir prêter les deux oreilles :
En projet, votre don monte à plusieurs bouteilles ;
Je ne puis l'accepter à ce point abondant.
Je veux bien partager votre bonne fortune,
Mais, bouteilles parlant, je n'en accepte qu'une. »

Vraiment, cher Directeur, vous êtes trop discret.
Pourtant, à me soumettre il faut que je m'applique :
A votre bon vouloir j'ai trop grand intérêt
Pour vous chercher querelle à propos de.... barrique.

Or donc, le kirsch, je l'ai. Votre lot en est prêt ;
Il forme une bouteille, une bouteille unique.
En vous donnant l'alcool à l'acide prussique,

J'observe, avec rigueur votre ordre restrictif,
Pour que de vous fâcher vous n'ayez pas motif.

Sur un point, toutefois, je me suis mis à l'aise :
Votre ordre n'a pas dit : « La Bouteille-unité
Bourguignonne sera, Rhénane, ou Bordelaise » ;
J'ai gardé là-dessus ma pleine liberté ;
Vous n'avez à ses flancs posé nulle limite ;
Que mon cadeau s'en tienne à l'unité prescrite,
C'est tout ce qu'il me faut pour le voir accepté.

Or, icelle unité va, par grande vitesse,
De Scharrach à Paris aller à votre adresse ;
Prenez-la telle quelle, et ne me grondez pas.
Ou bien, si vous froncez, recevant la bouteille,
A voir sa corpulence, un sourcil irrité[1],
Pour vous rasséréner, buvez, je vous conseille,
Un peu de sa liqueur en onde du Léthé.

Mais que votre mémoire aussitôt se réveille
Pour que, comme un ami, j'y sois toujours compté.

Scharrach, 7 octobre 1869.

1. La bouteille-unité était une bonbonne.

Br.   II

A MA FEMME

*Sur le premier exemplaire de l'édition complète de ma traduction de Schiller**

(22 novembre 1869)

Le jour de ta douce patronne,
A toi, comme elle bonne aussi,
Ma bien chère femme, je donne
Les trois volumes que voici.

Oh! que mon éditeur-libraire,
Et mon relieur, après lui,
M'ont fait attendre l'exemplaire
Que je voulais pour aujourd'hui !

* Voir la note 2 à la fin du volume.

C'est que le livre, humide encore,
Au brochage est chez l'imprimeur ;
Mais, pour le jour qui vient d'éclore,
Il m'en fallait cette primeur.

Aux limites du temps utile
Elle vient, enfin, d'arriver,
Pour que le mari, ma Cécile,
Te l'offre à ton petit lever ;

Mais trop tard pour que le poëte
Te dise plus que ne voilà...
Ce maigre impromptu pour ta fête !
C'est peu, mais c'est toujours cela.

Strasbourg.

A M. EUGÈNE HEPP

MON SECRÉTAIRE GÉNÉRAL.

Sur un exemplaire de ma traduction de Schiller.

Excellent et cher secrétaire,
— Général, c'est bien entendu, —
Enfin, voici cet exemplaire,
Qui, si justement, vous est dû.

Lorsque s'imprimait cet ouvrage,
J'eusse été mauvais correcteur[1] ;
C'est vous qui, pour le traducteur,
En avez revu chaque page.

1. L'auteur souffrait alors d'une excessive fatigue de tête.

Mais, pour avoir si bien agi,
C'est l'ami surtout qui vous donne
Ces volumes, mon *Exegi,*

Sans que, pourtant, je m'abandonne
A cet espoir exagéré
Qu'il soit *perennius aere.*

Strasbourg, novembre 1869.

A M. GUSTAVE SILBERMANN

Quand, à vos presses infidèle[1],
L'an dernier, je fus engager
SCHILLER à celles de Berger,
Pour une édition nouvelle,
De l'infidélité, par moi,
Vous sûtes bientôt le pourquoi :
Ce n'était pas un pur caprice,
Ce n'était pas que je mentisse
A notre vieille affection ;
J'opérai ma conversion,
Décidé par cet avantage,
Économique pour l'auteur,
Et, — je puis l'ajouter, — flatteur,
De rencontrer un éditeur

1. Voir la note 2 à la fin du volume.

Dans l'imprimeur de mon ouvrage.

Vous, aucun livre n'éditez.
Nous n'en sommes pas moins restés
D'excellents amis une paire ;
Aussi, pour vous cet exemplaire
De mon Schiller au grand complet,
Pour qu'en votre bibliothèque
Vous le gardiez, songeant qu'il est
De votre ami, de votre *Évêque* [1].

Strasbourg, novembre 1869.

---

1. On appelait quelquefois, ou par ignorance, ou par affectueuse plaisanterie, *Évêque protestant,* le Président du Consistoire supérieur et du Directoire de l'Église de la Confession d'Augsbourg en France, bien que le poste ne pût être occupé que par un laïque.

MA CAMPAGNE

VI

LA QUARANTAINE

Sixième Scharrachbergheimoise

A NOS CONVIVES DU 21 JUIN 1870

I

Accepter à dîner chez un ami poëte
Est imprudent parfois : On vient, sans se douter
Qu'il prend un auditoire à cet appât qu'il jette :
Je vous tiens, il faut m'écouter.

II

Savez-vous que j'écris des *Scharrachbergheimoises?*
Non? Eh bien! apprenez quels sont ces produits-là :
Des vers nés du hasard, chroniques villageoises,
    Que je date de ma Villa.

Je dis tout ce qu'elle offre et qu'elle renouvelle
De charmes qui la font sans pareille pour nous.
Ce *Nous* veut dire ici ma femme et moi : Pour elle,
    Pour moi, pas de séjour plus doux.

Je raconte tel fait que fournit le village
Où j'ai, depuis cinq ans, cette propriété,
Et, grâce à moi, le lieu, l'acte, le personnage
    S'en vont à la postérité.

Je donne à ces enfants de muse paysanne
Le nom de ma Campagne. Ainsi fit Cicéron :
La *Scharrachbergheimoise* est une *Tusculane,*
    Mais Tusculane à ma façon.

Par là je n'entends point, — je fuis le ridicule, —
Me poser en égal de Marcus Tullius :
J'ai mon *Scharrachbergheim*, il avait son *Tuscule;*
    Entre nous il n'est rien de plus.

III

Or donc, puisque je tiens, annaliste-poëte,
De ce *Scharrachbergheim* les Fastes importants,
Qu'y noter de plus grand que la petite fête
    De mon hymen de quarante ans ?

Pourrions-nous espérer en voir la Cinquantaine ?
Les Destins à ce point seraient-ils complaisants ?
A notre Jubilé donnons chance certaine,
    En le rapprochant de dix ans !

Ah ! s'il peut plaire à Dieu que le vieux couple voie
Les jours qui seront l'An mil huit cent quatre-vingts,
Pour notre *Noce d'Or* nous ferons avec joie
    Couler encor nos meilleurs vins !

A ce terme légal la table serait grande,
Si de le célébrer il nous était permis !
Aujourd'hui, nous faisons un peu de contrebande,
    Dans un petit cercle d'amis.

Non que nous acclamions, en cet anniversaire,
Avec moins d'abandon et plus de sérieux,
Quarante ans de bonheur, qu'on ne nous verrait faire
    S'il était de dix ans plus vieux ;

Mais si, pour ce dîner, nous ne siégeons qu'à douze,
Si notre mise en scène a cet air écourté,
C'est que, des vieux conjoints que vous fêtez, l'épouse
    De plus n'a pas eu liberté :

Pas de petits-enfants, de chère belle-fille,
Pas de frères, de sœurs, de nièces, de neveux !
Un fils, ici, l'aîné, vient, seul de la famille,
    Embrasser sa mère pour eux.

Elle a souffert longtemps, elle est convalescente
Et ne peut point, parents, amis, les recevoir

Plus nombreux, sans risquer qu'aussitôt se présente
    A son horizon *un point noir.*

Car elle est à la vie à peine ramenée,
Et notre bon docteur, craignant quelque péril,
A l'invitation d'être de la journée,
    Peut-être a froncé le sourcil [1].

Mais, docteur, notre ami si dévoué, si tendre,
Aucun soin à donner ne vous rappelle ici ;
C'est pour vos soins passés que je vous fais entendre
    Notre plus chaleureux : Merci !

Oui, c'était, hier encor, de la convalescence ;
Aujourd'hui, désormais, c'est enfin la santé,
N'est-ce pas ? Nous faisons, grâce à votre présence,
    Nos adieux à la Faculté ?

A nous abandonner non que je vous invite,
Mais, en vous, que l'ami seul vienne nous chercher :
Au salon seulement faites votre visite ;
    Non plus dans la chambre à coucher !

M. Schützenberger, professeur à la Faculté de médecine de Strasbourg.

Dans mes conclusions dites-moi recevable,
Et jamais un arrêt plus d'heureux ne fera,
Et ce public d'amis que réunit ma table,
    Cher docteur, vous applaudira.

IV

Et vous, ce cher public, du succès que proclame
Mon *Speech,* vous n'êtes pas le simple spectateur;
L'honneur de l'*Exeat* qui se signe à ma femme
    Ne revient pas tout au docteur :

Votre présence aussi se formule en remède,
— Et le plus doux pour elle, — au mal qui l'énervait:
Du Médecin en chef chacun de vous fut l'Aide ;
    Je vous en donne le brevet.

C'est que chacun de vous, rejetant le système
Infinitésimal et de dilution,
A votre cher *Sujet,* mieux qu'en millionième
    A dosé son affection.

C'était traiter au mieux ma bonne Châtelaine,
Qui, maintenant, peut dire au docteur, à vous tous :
« Pour le vingt et un·Juin de notre *Cinquantaine,*
    « Je vous donne ici rendez-vous. »

Nous allons mettre au rang de nos plus belles fêtes
Cette date en l'an mil huit cent soixante-dix,
Où de Scharrachbergheim, chers amis, vous lui faites,
    Plus que jamais, un Paradis.

V

En parlant si longtemps de notre *Quarantaine,*
Je vous en fais faire une. Absolvez l'indiscret,
Et puissiez-vous trouver que son petit domaine
    N'est pas un fâcheux Lazaret.

LOUIS PICK

Hæc mihi semper erunt imis infixa medullis.

(OVIDE.)

C'est un modeste nom qu'en ces vers je recueille,
Et qui n'a nul souci de la postérité.
Peut-être dira-t-on, en lisant cette feuille,
Qu'il eut droit de s'y voir encore mieux traité.

C'est qu'ici, nul besoin de grand art poétique :
Un style tempéré convient pour mon héros,
Non point parce qu'il fut ouvrier, domestique,
Puis, à la fois, concierge et garçon de bureaux ;

Mais parce que Louis, la simplicité même,
— Dans le bon sens du mot, — n'aime point le fracas,
Et que, s'il me savait à ce petit poëme,
Il me dirait : Monsieur! ne me louez donc pas !

Il est né dans Strasbourg, où de douleur amère,
Où d'un immense deuil les cœurs se sentent pleins.
Il perdit de bonne heure, et son père, et sa mère,
Et la Ville éleva l'enfant aux *Orphelins*.

Quand il en fut sorti, Louis, encor bien jeune,
Seul, n'ayant sou ni maille, et pas plus un abri,
Menacé de sentir tous ses jours jours de jeûne,
Se demanda comment être logé, nourri.

Il aida les cordiers à tordre leur étoupe ;
Le salaire était maigre, et maigre le dîner :
Il n'a pas toujours pu se payer une soupe ;
A peine, bien souvent, le pain du déjeuner.

En mil huit cent vingt-neuf, tournant corde ou ficelle,
Il eut bien froid l'hiver, où le pauvre garçon
Travaillait en tenant son pain noir sous l'aisselle,
Pour n'avoir pas à faire un repas d'un glaçon.

Il fut tisseur de bas, apprenti d'un dentiste,
Puis d'un jeune impotent le guide journalier ;
Vainement avait-il espéré qu'à l'artiste
Il pourrait succéder dans l'art du râtelier ;

Le maître avait gardé sa dentaire fabrique !
La Fortune à Louis refusait ses présents !....
Enfin, désir lui vint d'être mon domestique.
Il fut de ma maison pendant près de quinze ans.

Il s'y fit voir actif, obéissant, fidèle,
Aux soins intelligents et pleins d'affection ;
La justice au milieu de mes gens ; un modèle
Digne de l'un des prix qu'a fondés Montyon.

De lui je suis heureux de faire cet éloge,
Il n'est pas au-dessus de son pur dévoûment...
La mort, dans mon hôtel, fit vacante la loge,
Il me la demanda comme un avancement.

Juste était son désir d'en être titulaire :
Des bureaux le concierge avait aussi le soin.
Si double était l'emploi, double était le salaire,
Et de l'heureux cumul Louis avait besoin :

Il était marié ; sa femme, maladive,
En une étroite rue, avec trois fils, souffrait
D'une habitation sans soleil et chétive :
Quel logis vaste et sain la loge lui serait !

« Sans que pour voir les miens il faille que je sorte »,
Disait-il, « je pourrais mieux surveiller mes fils ;
Je ferais les bureaux, ma femme aurait la porte :
Deux traitements, Monsieur, et les petits profits ! »

Mais quand il dut descendre à son rez-de-chaussée,
Il me dit en pleurant : « Quel regret est le mien !
Ah ! mon ambition, Monsieur, est bien passée !
Vous quitter ! Et Madame ! Oh ! non, ce n'est pas bien ! »

Il n'en restait pas moins encore à mon service,
Dans sa grise livrée, aux bureaux, et, le soir,
Alors qu'à l'héritier de son ancien office
Je lui disais d'aider, dans celle de drap noir.

Et lorsque nous allions, à la saison des roses,
Revoir, ma femme et moi, notre agreste séjour,
Dans l'hôtel c'est Louis qui rangeait toutes choses.
Il y préparait tout aussi pour le retour.

Les jours où je rentrais de mon petit domaine,
Pour les soins à donner à mon gouvernement,
C'est lui qui me servait encor chaque semaine,
Avec joie, empressé, tout comme anciennement.

Et même à ma campagne il était mien encore,
Enchanté d'y venir prendre serpe ou râteau,
Pour récolter mon foin, ou la grappe que dore
Le soleil, au penchant de mon petit coteau.

Tels étaient nos rapports quand éclata la guerre
Où, du premier moment, nous fûmes les vaincus.
Dans ces terribles jours, quelle fut ta misère,
Strasbourg, abandonnée aux horreurs du blocus!

Ce qu'alors fut Louis est digne de mémoire.
Les habitants croyaient n'être pas menacés
De ce bombardement, que jugera l'histoire [1],
Et l'on ne s'occupa d'abord que des blessés.

Et Louis leur donna ses soins et son obole.
Il dut bientôt ailleurs sauver et consoler :
Les bombes décrivaient déjà leur parabole,
Et de leur feu Strasbourg commençait à brûler.

---

1. *De evertendis diripiendisque urbibus, valde considerandum est ne quid temere, ne quid crudeliter.* (Cicéron.)
Rien n'est plus légitime qu'un siége. Rien n'est plus barbare qu'un bombardement, quand l'une de ces nécessités de la guerre qui justifient tout, ne le rend pas excusable. (Thiers, *Histoire du Consulat et de l'Empire*, livre XXVIII.)

Durant les jours, les nuits de l'infernal supplice
Que suivit la douleur de la reddition,
Au sublime Louis porta le sacrifice,
Héros de dévoûment et d'abnégation.

Sa confiance en Dieu lui donnait tout courage.
De lui, songeant à Dieu, que d'admirables traits !
A les dire il faudrait encor plus d'une page.
Il en est un pourtant qu'à regret j'omettrais :

Parmi le monde à qui l'hôtel donnait asile,
Louis m'avait prié d'admettre mon laitier.
Il vint, faisant entrer six vaches dans la ville,
Et nous eûmes du lait pendant le siége entier.

Ce fut, dès l'origine, un aliment bien rare ;
Pour en avoir un peu, que d'assiégés venaient !
Il fallait, chaque jour, s'en montrer plus avare,
Car on mangeait aussi celles qui le donnaient.

Un jour, une demande au bon Louis révèle
Que d'une pauvre mère, en un quartier lointain,
Les angoisses du siége ont tari la mamelle,
Et que, depuis deux jours, l'enfant souffre la faim.

Au logis indiqué Louis se précipite :
« Madame ! espoir », dit-il, « je vous viens au secours :
Tenez ! La portion, sans doute, est bien petite,
Mais, du moins, votre enfant l'aura-t-il tous les jours. »

Louis, chaque matin, fit la course pieuse ;
Qu'importait le péril ! Louis l'avait bravé :
Il oubliait l'obus pour la mère anxieuse,
Et quand le lait manqua, l'enfant était sauvé !

D'un mal plein de danger ma femme bien-aimée,
Seule dans notre bien de campagne, souffrait ;
Mon second fils, sous Metz, combattait dans l'armée,
Et son frère, à Paris, à combattre était prêt ;

Et, dans l'isolement où me tenait le siége,
Sur elle ni sur eux jamais aucun avis !
Et bien souvent : Si Dieu sauve mes jours, disais-je,
M'aura-t-il conservé ma femme et mes deux fils ?

Et Louis prenait soin de me raffermir l'âme :
« Dieu se montre pour nous si bon ! » me disait-il ;
« Comme Monsieur ici, ses deux fils et Madame,
Ailleurs, il daignera les tirer de péril. »

Ah! si de son mal, elle, et, d'heures meurtrières,
Nous, Dieu nous a sauvés, dans l'efficacité
De ce que pour nous quatre il reçut de prières,
Pour une grosse part que Louis soit compté!

De ce qu'il fut pour moi dans ce temps de souffrances,
Mon cœur, reconnaissant, ne l'est pas à demi.
Ils ont entre nous deux rapproché les distances :
Mon ancien serviteur n'est plus que mon ami.

Scharrach, décembre 1870.

MA CAMPAGNE

VII

DEUX DE MES VOISINES A L'EST

Septième Scharrachbergheimoise

Parmi les malheureux à qui va mon obole,
— Et leur nombre s'accroît juste quand, au rebours,
Progressent en mes mains les moyens de secours [1], —
Est une veuve, avec sa fille, qu'on dit folle.

Elle-même la mère a-t-elle sa raison ?
De tout chef de clinique elles auraient pour note :
La mère, *aliénée,* et la fille, *idiote.*
Du diagnostic ressort cette comparaison.

[1]. Voir, page 269, *Ma Démission.*

Non loin de mon enclos, à l'écart, leur masure
En un coin de verger s'isole tristement;
Des coups que le temps porte au chétif bâtiment,
Charpentier ni maçon ne réparent l'injure.

Leur âge, le voici : La mère a soixante ans;
Ceux de la fille vont aux deux tiers de ce nombre.
Durant la saison rude elles restent dans l'ombre;
On les voit toutes deux reparaître au printemps.

La fille par la mère est grondée et battue.
Ce bruit d'intérieur ne s'entend pas l'hiver;
Mais qu'aux beaux jours la fille aille vivre en plein air,
— Elle n'est pas toujours même à demi vêtue, —

Alors, pour les voisins, commence, vers le soir,
Pendant une heure ou deux, la scène de famille.
Un rire bête est tout ce qu'oppose la fille
Aux coups que sur son dos la mère fait pleuvoir.

Et quand à nos préfets allait dire mon maire :
De grâce, mettez-les en la maison des fous !
Les préfets répondaient : Mon cher, que voulez-vous,
Vous n'avez point d'argent; or, sans argent, que faire ?

Vous avez sept cents francs de revenu : Comment
En prendre là-dessus quatre cents pour l'Asile?
Gardez la mère folle et la fille imbécile :
Je ne puis pas payer sur le département.

Dans l'esprit de la veuve une douleur récente,
— Mais, le trois-six aidant, — a mis trouble complet :
Elle avait une chèvre, — un vrai trésor, — son lait
Suffisait aux besoins de la table indigente.

Un jour, ô désespoir ! jour de désastre, hélas !
De l'unique aliment la source est arrêtée !
On découvre, au matin, que la pauvre Amalthée,
Pendant la nuit, de vie est allée à trépas !

Aux yeux de la pauvresse elle était immortelle
Cette chèvre. De coups ayant donné la mort,
Nulle trace : On avait jeté sur elle un sort !
Oh ! non, non, cette mort n'était pas naturelle !

Qui peut l'avoir causée? — Un voisin! — Mais, lequel?
Où le monstre qui lui tua sa pauvre bête?...
Après avoir cherché bien longtemps dans sa tête,
Elle dit *Eurêka!* sur le voisin Michel.

Br.   12

Michel est du métier que saint Crépin patronne,
Mais, depuis bien longtemps, ne veut plus travailler :
Une autre passion que celle du soulier
L'absorbe ; c'est la chasse illégale. Il braconne.

Il sort dès que la nuit approche du matin.
Son fusil démonté sous sa blouse, il se glisse
Tout le long de mon mur ; mais sans chien pour complice
Il rapporte aussi bien qu'il abat son butin.

Il n'en fait pas argent, et chez lui le consomme.
On le paie assez bien pour tuer en expert
Le compagnon qu'avait saint Antoine au désert :
Il est banal saigneur du village cet homme.

C'est donc à ce Michel que la vieille s'en prit,
— Il était, par hasard, innocent, — et la femme
S'en fut résolûment lui monter cette gamme :
« Ah ! c'est toi qui voulus que ma chèvre pérît !

C'est donc trop peu pour toi des perdrix et des lièvres,
Et de l'autre gibier qu'on sait que tu poursuis,
Quand, double braconnier, tu vas rôder les nuits ;
Il te faut être encor tueur, voleur de chèvres ?

Que t'avait fait la mienne, et que t'avais-je fait ?
Qu'allons-nous devenir sans ma pauvre Biquette,
Notre amie au poil blanc, si bonne, si coquette ?
Pour vivre, qu'avions-nous, ma fille et moi ? Son lait !

Notre seule ressource et notre seule joie,
Tout perdre en même temps, et grâce à toi, vaurien !
Ce que tu nous as fait est d'un mauvais chrétien,
Et je demande à Dieu qu'en enfer il t'envoie. »

Mon homme dédaigna de répondre : Il alla,
Une heure avant le jour, se mettre en embuscade,
Et, bredouille la veille, il fit, le camarade,
— Bonheur de la vertu ! — coup double ce jour-là.

Ce n'est pas Michel seul qu'elle accuse, la vieille !
Même qui la secourt est coupable à ses yeux :
« Vous eûtes part, dit-elle, à sa mort ; dans les cieux
Je sais qu'ange gardien, Biquette sur moi veille [1]. »

— C'est bien la folle, ça. — « Mais, de feu mon bijou,
Croyez-vous remplacer la mamelle tarie,

[1]. Textuel.

En me donnant si peu ? Biquette pour moi prie :
Vous, nourrissez-moi mieux![1] » — Ceci n'est pas si fou.

Impuissant sur chacun, le courroux de la veuve
Sur sa fille, toujours, retombe en coups. — Michel,
Pour son soupçon tenace, est le vrai criminel.
Par malheur, du forfait elle n'a pas la preuve.

Le soir, qu'elle s'endorme en grattant son chignon,
Ces mots errent encore et meurent sur sa lèvre :
« C'est... le voisin Michel... qui... m'a tué... ma chèvre. »
— De la lui remplacer je charge un maquignon.

Scharrach, février 1871.

1. Textuel.

MA DÉMISSION

A MON FRÈRE

> On n'a pas deux patries.
>
> (CASIMIR DELAVIGNE.)
>
> *Omnes omnium caritates patria una*
> *complexa est.*　(CICÉRON.)

On t'a dit vrai : Depuis le neuf du présent mois,
Ton frère n'est plus rien... qu'un Scharrachbergheimois.
Oui, je viens habiter mon modeste village.
J'espère en ma campagne y trouver un mouillage,
Sur la mer de la vie, où longtemps je voguai,
Et qu'à l'âge où je suis je quitte fatigué.
Bien que je me retire après une tempête,
C'est libre que j'ai pu gagner cette retraite,
Et le lourd gouvernail que vingt ans j'ai tenu,

Je ne l'ai pas quitté sur ordre à moi venu.

Depuis qu'a commencé cette guerre funeste,
Deux fois je m'étais dit : Est-il bon que je reste ?

La première, au moment où, déjà tard, j'appris
Que les Républicains gouvernaient à Paris.
Je n'ai jamais été leur grand enthousiaste,
Et combien moins encor depuis le jour néfaste
Où Paris a revu la population
Que soulève le vent de révolution,
Osant mettre à profit les malheurs de la France,
Au moment où la paix lui rendait l'espérance,
Surgir contre la loi, les droits les plus sacrés,
Nous rappeler des temps, des hommes abhorrés,
Pour, peut-être, bientôt, — qui sait? — mettre en lumière,
Quelques monstres singeant Marat et Robespierre.

La seconde, le jour où dans ses murs fumants,
Strasbourg vit en vainqueurs entrer les Allemands :
Irais-je en tel d'entre eux, moi Français, reconnaître
Un homme à qui le droit de me parler en maître ?

Pourtant, je ne pouvais livrer aux ennemis

Le poste qu'à mes soins la France avait commis,
Et tous les intérêts dont j'avais la défense.
Vaincue était Strasbourg, mais non toute la France ;
Notre Alsace, on pouvait un moment l'occuper ;
A vouloir la garder on pouvait se tromper ;
L'époque était encor transitoire, incertaine :
L'ennemi remplissait l'Alsace et la Lorraine,
Leur destin, cependant, ne serait arrêté
Que quand la paix l'aurait réglé par un traité.

Mais, du jour où l'on mit le comble à nos misères,
Lorsque la France en fut à ces *Préliminaires*
Qui disaient à quel prix on lui vendait la paix,
Oh ! je n'hésitai plus, et je dis : Je m'en vais !

Change-t-on de patrie ainsi que de chemise ?
Je suis, — est-il besoin, frère, que je le dise ? —
Je suis Français de cœur, d'habitudes, de goût,
D'esprit, — si je puis dire en avoir, — bref, de tout,
Et si nos gouvernants ont, sous la loi de guerre
Qu'imposait le vainqueur, fait sienne cette terre,
Cette Alsace, pays si français par le cœur,
Avec elle m'a-t-il *annexé* ce vainqueur ?

Non, non ! je n'entends pas que la clause se scelle
Au traité d'abandon que l'on signe à Bruxelle !

Toutefois, mon ami, dans ma démission,
Je n'ai pas soufflé mot de compensation.
J'aurais pu, comme on voit plus d'un fonctionnaire,
Dire au Gouvernement : De moi qu'allez-vous faire ?
Du poste que j'avais la guerre m'a chassé ;
Le voilà maintenant en pays annexé ;
Unique, spéciale, était ma présidence ;
Vous n'avez plus de quoi me la refaire en France[1] ;
Je n'en puis pas rester à dire : J'ai perdu
Mes quarante-deux ans de travail assidu ;
Une position autre doit m'être faite,
Surtout quand me voilà sans droits à la retraite,
Pour avoir accepté votre second mandat,
Où, des émoluments que m'accordait l'État,
Aucune fraction n'enrichissait la caisse
Dont on m'eût fait ma part aux jours de ma vieillesse ;
Mais, ce second mandat, il était viager :
J'étais à cette part dispensé de songer ;

1. L'administration supérieure de l'Église de la Confession d'Augsbourg,
en France, s'étendait principalement sur les départements de l'Est. De ses
44 circonscriptions consistoriales, 38 sont sur territoire aujourd'hui allemand.

Refaites-m'y des droits : Opérez la suture
De mes vingt ans vécus dans la magistrature
Aux quatre que je puis vivre en nouvel emploi,
Et, ces quatre passés, qu'une fatale loi,
— Qui me semble féconde en grandes injustices, —
Me dise : « Nous avons assez de vos services :
A soixante-dix ans l'on n'est plus bon à rien,
Même le corps, l'esprit allant encor très-bien »,
Alors liquidez-moi le merci que liquide
Cette caisse, souvent et pour trop longtemps vide.

Mais non, non ! En voyant mon pays malheureux,
Abattu sous les coups d'un sort si rigoureux,
Victime comme il l'est des coupables sottises
Que, jouant leur va-tout, ses maîtres ont commises,
Frère, j'aurais rougi de lui rien demander ;
A mon destin aussi j'ai cru devoir céder :
J'y vois l'ordre du ciel, dont la bonté me laisse
De quoi, sans pension, achever ma vieillesse.
J'ai fait ce qui pour moi me semblait le devoir.

L'ex-président chez lui compte bientôt te voir.

Scharrach, 30 mars 1871.

MA CAMPAGNE

VIII

LES CHIENS

Huitième Scharrachbergheimoise

A MA NIÈCE, Mᵐᵉ GUSTAVE ROTHAN

Quæ laus prima canum ?
(Ovide.)
Hic... ingentem pugnam...
(Virgile.)

I

J'ai dans ma cour deux chiens de chasse :
— Chiens d'arrêt ; — le premier répond
Au nom de *Tom,* et le second
A cet impératif : *Ramasse!*

Chacun, aux champs, est un trésor.
A mes deux fils sont ces deux bêtes :
Tom est au maître des requêtes,
Ramasse, à l'adjudant-major.

Tom, dont j'ignore l'origine,
A poil gris, de noir moucheté,
Grâce, souplesse, agilité,
Corps effilé, tête très-fine.

Ramasse au jour ouvrit les yeux
Dans le Tell : Robe blanche et noire,
Tête forte, aussi la mâchoire,
Trapu, carré, peu gracieux.

Tom, à sa nature d'anguille,
Doit d'être toujours chaîne au cou ;
Sinon, il file on ne sait où,
Entre les barreaux de ma grille.

Plus d'un gamin est attentif
A cette fièvre ambulatoire,
Et, guignant déjà son pourboire,
Nous ramène le fugitif.

Parfois même, tel jeune drôle,
Prétextant que le chien a fui,
Déjà sur ma porte, de lui
S'empare et le rentre en sa geôle.

Ou bien, quelque fleur du jardin
Des bonds de Tom reçoit l'atteinte,
Et mon Antonio fait plainte
Contre le nouveau Chérubin.

Or, la verbale remontrance,
— On ne bat pas le joli chien, —
Sur mon Tom ne produisant rien,
On le maintient en pénitence.

Aussi, Ramasse en souffre-t-il :
Tom, laissé seul, geignant sans cesse,
A son *socius* on ne laisse
Que la liberté du chenil.

Mais, chaque jour, je me promène,
Et, tout nescient que je sois
De chasse et fusil, chaque fois,
Ramasse et Tom je les emmène.

Quand ils me voient canne et chapeau,
Leur quotidienne assurance
D'une heure ou deux de délivrance,
C'est grand bonheur chez le duo.

II

Deux bons cœurs. Ramasse, malade
Pendant la campagne du Sud[1],
Dans le brosseur de mon fils eut
Un infirmier, un camarade.

Pécaut, — c'est son nom, — le portait
Sur son sac, — réelle ambulance, —
Et d'onguent, suivant ordonnance,
Matin et soir il le frottait.

Ses trois soucis, quand la colonne
S'arrêtait pour le campement,
Étaient : le chien, premièrement,
Puis, son maître; enfin, sa personne.

1. Algérie, 1864.

Tel était Pécaut. Aujourd'hui,
Après plus de six ans d'absence,
Le chien, dans sa reconnaissance,
Garde encor souvenir de lui :

Qu'on dise à l'excellente bête
Le nom du brosseur, aussitôt,
Croyant qu'elle va voir Pécaut,
La voilà joyeuse, inquiète ;

La queue a ses frétillements,
L'œil brille, impatient et tendre ;
Quelques sons doux se font entendre,
Prélude d'heureux jappements.

Mais, hélas ! le pauvre caniche
Perd vite son illusion,
Voit qu'il n'est plus au bataillon,
Et, triste, rentre dans sa niche.

III

Sur les routes, Tom est poltron :
Qu'homme ou femme de loin s'y montre,

Bête ou char, à chaque rencontre
Il me revient, comme au giron.

Ramasse incline à la querelle :
— Il est du pays des turcos ; —
De peur qu'il ne rompe quelque os,
Assez souvent je le rappelle.

Il m'obéit, s'écarte peu ;
Déjà *les ans en sont la cause.*
Mais Master Tom, c'est autre chose,
C'est la jeunesse et tout son feu.

Une fois qu'il est dans la plaine,
— Là, le damoiseau n'a plus peur, —
J'admire jusqu'à la stupeur
Et tels jarrets, et telle haleine.

Dans son impétueux élan,
Il brave trop voix, sifflet, canne,
De mon intérim triple organe ;
Parfois, même, il me laisse en plan.

Avec lui, déjà, dans l'espace,
Son vieux compagnon s'est risqué,
Et d'un paternel *Tu quoque!*
J'ai dû réprimander Ramasse.

Certains jours chez moi je revien
Sans qu'il me reste de leur paire
Même l'unité légendaire
Du saint célèbre par son chien.

Le jour qui suit telle escapade,
Je vais aux drôles, et d'un ton
Qu'explique un geste de bâton,
Je leur dis : Pas de promenade !

Et, quand j'ai passé mon chemin,
Eux, l'œil contrit, baissant l'oreille,
Ont le repentir de la veille,
Jusqu'au délit du lendemain.

IV

J'ai dit de Tom et de Ramasse
Les qualités et les travers.

J'en viens au sujet de mes vers,
Après cette longue préface :

Mes jambes allaient opérant
Le tour quotidien qu'exige
Mon docteur, contre le vertige
Dont, parfois, ma tête se prend.

Dans une vigne qui côtoie
Le chemin que je parcourais,
J'entends un bruit ; bientôt après,
Un autre : C'est Tom ! il aboie.

Il donne un tout autre aboiement
Que quand un lièvre à son nez lève :
Sa voix est plus sèche, plus brève,
Et trahit comme un tremblement.

Ramasse avait en droite ligne
Rejoint Tom ; et mon brave vieux
Aboyait, mais en furieux.
Moi troisième, enfin, dans la vigne

Je vais ; c'était à trente pas :
Une masse fauve, velue,
Carrée, alors s'offre à ma vue,
S'appuyant contre un échalas.

En marche je venais d'entendre
Un cri plaintif par Tom poussé ;
Je vois Ramasse éclaboussé
D'un sang qui vient de se répandre.

Et les chiens de toujours hurler
Contre le cube de fourruré....
Quel drame, dans cette aventure,
Allais-je voir se dérouler ?

Ramasse était comme en démence,
L'œil tout en feu, montrant ses crocs.
En moins téméraire héros,
Tom ne donnait voix qu'à distance,

En tirailleur, inquiétant
Le bloc, pour moi problématique,
Que, replié, le chien d'Afrique
De saisir épiait l'instant.

L'objet qui causait ce tapage
Bouge enfin. Je distingue, alors,
Entre tête et queue un long corps.
Le tout était un chat sauvage

Femelle, sur ses pieds dressé,
Alternant l'œil sur chaque braque,
Attendant d'où viendrait l'attaque,
Dos en arc et poil hérissé.

Cri de Tom et sang sur Ramasse
M'étaient à la fois expliqués
En coups de griffes, appliqués
Avant qu'auprès d'eux j'arrivasse.

Je vois ces coups se répéter :
Toujours attentive, la chatte
Lance, à droite, à gauche, une patte,
Que les chiens tâchent d'éviter.

J'avais peur que leur adversaire
Tout au moins ne les éborgnât,
Et, pour mettre fin au combat,
Je les rappelle... Oui! Belle affaire!

Un moment ma canne voulut
Prendre un rôle dans la dispute,
Mais sur les champions en lutte
Elle pouvait manquer son but.

Et puis, n'avais-je pas à craindre,
Dans mon souci des yeux des chiens,
Que ce ne fût peut-être aux miens
Que le chat aimât mieux atteindre?

Soudain, il grimpe au haut du pieu
Qui par derrière le protége :
Au couple ennemi qui l'assiége
Il croit échapper en tel lieu ;

Mais l'insuffisante surface
L'empêche de s'y maintenir,
Et pour voir son destin finir,
Bientôt il retombe sur place.

Il saute, en un dernier effort,
Sur Ramasse, à lui se cramponne,
Des griffes aux flancs l'éperonne,
Et, sur la tête, au cou le mord.

De douleur une immense plainte
Sort du chien : sur le sol sanglant
Avec la chatte il est roulant,
Puis, se dégage de l'étreinte.

Tom, qui n'a cessé de japper,
Mais sans porter aide à Ramasse,
Prend courage et regarde en face
L'ennemi, qu'il faut occuper.

Ramasse à profit met la trêve,
Et, sentant qu'il doit être prompt,
Sur le chat, que Tom tient en front,
Bondit et de terre l'enlève.

Et de son râtelier pointu
Dans ses chairs chaque dent s'enfonce,
Et ses yeux demandent réponse
A leur : « Mon maître, qu'en dis-tu ? »

Je rends hommage à sa prouesse,
Mais par des bravos seulement,
Ne jugeant pas que le moment
Fût déjà bon pour la caresse ;

Car la chatte se débattait
Aux mâchoires victorieuses,
Et, sous ses griffes furieuses,
Du cou du chien le sang sortait.

Enfin, avec sa forte pomme,
Ma canne intervient au débat,
Et, visant la tête du chat,
D'un coup heureux elle l'assomme.

C'est le : « *Que vouliez-vous qu'il fît?* »
Et le : « *Qu'il mourût!* » en réplique.
Comme épitaphe je l'applique
A ce chat ainsi déconfit.

V

MORALITÉ

Ce chat, qui cherchait sa pâture,
Plus fort que lièvre et que perdreau,
Du moins ne devenait bourreau
Qu'en vertu du droit de nature.

Mais le nôtre ?... En ce même endroit
Nous avons fait une victime
De la trop commode maxime
Que *la force prime le droit*.

Scharrach, mars 1871.

MA CAMPAGNE

IX

LE PLAT FÊLÉ

NEUVIÈMÉ SCHARRACHBÉRGHEIMOISE

A M. JOSEPH HUGELIN

Habile modeleur, peintre non moins habile;
Vous dont le goût parfait sait donner à l'argile
Et formes et couleurs ; vous, à qui ma villa
Doit une grande part des ornements qu'elle a [1] ;
Artiste gracieux d'esprit et de personne,
Et non pas seulement dans l'œuvre qu'il façonne ;

1. Voir la note 4 à la fin du volume.

En qui le visiteur, aussitôt qu'il a mis
Le pied sur votre seuil, trouve un de ses amis,
A voir en vos regards le sourire que cache,
Sur son siége ordinaire, un luxe de moustache,
D'ici je ne puis pas aller au cabinet
Où vous apparaissez coiffé de ce bonnet
Dont votre front s'est fait un cercle de fourrure
Qui sur le sinciput résout sa quadrature ;
Botté jusqu'aux genoux de ce jaune criant
Qu'au pouvoir souverain réserve l'Orient ;
Vêtu de je ne sais quel burnous où j'admire
Les dessins compliqués qu'invente Cachemire ;
Bref, où vous travaillez dans un costume tel
Que ne le rêverait nul vulgaire mortel.

Forcé de vous écrire, et désireux de faire
Quelque chose, à mon tour, qui ne soit pas vulgaire,
Je rime cette épître, où je viens exposer
L'objet dont avec vous j'ai besoin de causer.

Parmi ces ornements dont j'ai dit, tout à l'heure,
Que vous avez paré ma champêtre demeure,
Le hasard, à mes yeux, récemment, révélait

Un dégât que n'y fit ni maître, ni valet,
Et dont vous allez voir qu'à vous seul sont les risques.

Vous avez souvenir encor de ces deux disques
Où dans l'or et l'argent s'étalent les blasons
Que reconnaît Mulhouse aux bourgeoises maisons
Des Hofer et des Braun, à ma famille, à celle
De ma femme. — Je suis de moindre souche qu'elle,
Mais qu'importe! — Or, celui de ces deux disques-là,
Que pour ma vanité votre main modela,
Que, métaphore à part et simplement, on nomme
Un plat, et qui me dit un quasi-gentilhomme,
Où je porte d'azur au cheval effaré,
Est l'important sujet dont je vous parlerai.

Je ne discute pas ce coursier qui se cabre.
Ma noblesse, à coup sûr, n'est pas celle du sabre :
Mes *Aïeux*, magisters, m'a-t-on dit, et selliers,
Peut-être, comme moi, regimbaient volontiers
Quand ce qu'on voulait d'eux n'était pas à leur guise.
Ils n'ont, pour m'éclairer, pas laissé leur devise.
Aux suppositions, pour la savoir, réduit,
Faute de parchemins à tirer de la nuit,

Je la suppose : *Ardent comme la noble bête.*

Or donc, cher Palissy, quand votre œuvre fut prête
Pour être suspendue en ma salle à manger,
Et que jusqu'à Scharrach on la fit voyager,
Vous m'avez prévenu que le feu, d'aventure,
Avait dans l'un des plats produit une fissure ;
Que tel était souvent l'effet de la cuisson :
Vous indiquiez le plat qu'orne mon écusson.

« Mais, » disiez-vous encor, » la fente est si légère
Qu'on ne la verra pas, ou ne la verra guère.
Le plat vous déplaît-il, si peu qu'il soit taré ?
Un mot, et sur-le-champ je le remplacerai. »

Le plat était chez moi, peu visible la fente,
Je crus qu'il suffirait que d'une main prudente
On l'appendît au mur, qu'il n'aurait plus quitté,
Pour que, quand même infirme, il eût longévité.

Depuis, nul maladroit, pas plus nul téméraire,
Ne fit rien qui pût nuire au valétudinaire.

Quand un grain de poussière en menaçait l'éclat,
Le plumeau l'effleurait, voilà tout, et le plat
Restait pour témoigner qu'il faut, sur l'apparence,
Se garder de juger, même en fait de faïence.

Son mal, d'abord latent, au point en est venu
Qu'il frappe maintenant l'œil le moins prévenu,
Et, sur le malheureux, forme, dans sa croissance,
Un triangle du centre à la circonférence.
Il est clair que, bientôt, toujours plus ébranlé,
Ce triangle choira du disque mutilé.

Dans ce grave danger je vous appelle à l'aide :
A l'état du malade il me faut un remède.
A vous de l'apporter. Mais, cher docteur, le mal
Pourrait bien exiger un moyen radical.
Si de palliatifs vous pensez qu'il suffise,
Dans un contraire sens ma voix sera précise,
Et de moi vous aurez un *Non* de premier jet.

Je vais faire chez vous transporter le sujet :
Vous diagnostiquerez ce qu'on en peut attendre ;
S'il doit, comme un phénix, renaître de sa cendre,

Ou si, pour prolonger ses jours, il suffira
D'appliquer sur sa plaie un simple sparadrap.

Vous contenteriez-vous de ce raccommodage ?

Maître ! si j'étais vous, je ferais davantage :
A cet enfant mort-né, héros de ce récit,
Je ne maintiendrais pas mon *Hugelin fecit*.

A propos ! j'ai quitté toute grandeur humaine,
Je vais vivre à l'écart dans mon petit domaine,
Et c'est là que j'attends tous ceux qui voudront bien
Traiter encor d'ami l'homme qui n'est plus rien.

Ce *ceux*, mon cher artiste, à *celles* doit s'étendre :
Veuillez être, chez vous, deux à le bien entendre ;
A la glose je suis très-fort intéressé ;
Cette épître n'est pas pour vous mon P. P. C.

Scharrach, 1ᵉʳ avril 1871

A Mme LOUIS SCHUTZENBERGER

Qui venait d'acheter le Château de Scharrachbergheim.

DIXIÈME SCHARRACHBERGHEIMOISE

(25 mai 1871)

« Vous m'avez dit, charmante Châtelaine :
Quand je saurai, de mon récent château,
Avoir enfin propriété certaine,
Quand j'y pourrai mettre un peu le marteau,
Y faire agir et truelle et rabot
Sans que je risque une dépense vaine,
Ou, pour parler le juridique argot,
De déguerpir de céans sous huitaine
S'il survenait surenchère ; en un mot,

Lorsque j'aurai fait purge d'hypothèque,
Je veux avoir une bibliothèque.
Point n'en celait cet antique castel,
Et pas un livre en tout notre bagage !
Jusqu'à présent, notre jeune ménage
N'a pas trouvé moment d'en faire usage,
Mais bien qu'encor sous la lune de miel,
Faut-il avoir de quoi lire au village. »

Note j'ai pris de votre intention,
Mon intérêt n'étant mince en l'affaire :
Auteur je suis, — non pas, la chose est claire,
De ces auteurs en réputation
Qui font courir chacun chez le libraire, —
Mais amateur, et sans prétention,
Prompt à saisir heureuse occasion
D'adroitement placer un exemplaire
De mon ouvrage. Or, mon ambition
Mieux que jamais trouve à se satisfaire :

Accordez-moi quelque coin de rayon,
— Toujours après la purge hypothécaire, —

Pour l'octavo triple dont je suis père :
Du grand Schiller c'est ma traduction.

Ce livre-là, pour quelque temps, va faire
A lui tout seul votre collection.
L'isolement lui sera salutaire :
Il met espoir en votre attention,
Loin de rivaux qui la pourraient distraire.

En se hâtant de vous l'expédier,
Votre voisin s'assure cette gloire
Que des auteurs pour qui le menuisier
Va fabriquer votre savante armoire,
Du moins en date il sera le premier.

Scharrach.

A Mme CHARLES SARAZIN[1]

(27 juillet 1871)

Dans les usages ordinaires,
On remercie en honoraires
Le docteur qui vous a guéri.

Donc, si, pour mon fils, j'osais faire
Ce qu'en pareil cas le vulgaire,
J'en devrais à votre mari.

1. Le second fils de l'auteur, en congé à Scharrachbergheim, venait de recevoir les soins de M. Sarazin, médecin-major, en congé à Soultz-les-Bains, chez son beau-père, M. Joseph Wenger, camarade de collége de l'auteur. Aimable voisinage qu'a éloigné *l'option*.

Mais, certain que, dans son malade,
Il n'a vu que son camarade
Et que le fils d'un bon voisin,

Je garde mon argent en caisse,
Car il ne faut pas que je blesse
Un ami dans le médecin.

D'un autre côté, ma voisine,
Il ne faut pas qu'on s'imagine
Que ces bons voisins de Scharrach

Soient gens de mémoire oublieuse.
L'erreur serait injurieuse :
Leur trio n'est point un ingrat.

Aussi, pour la jambe remise,
Au docteur, par votre entremise,
J'offre mon Schiller translaté ;

Il n'appellera pas étrange
Cette espèce de libre échange
De l'une à l'autre Faculté.

Ce que j'y fournis est modeste,
Mais notre gratitude reste,
Et serait heureuse du jour

Où, pour un service à vous rendre,
Vous et lui nous feriez entendre
Un : « Mes amis, à votre tour ! »

Et puis, mon orgueil me rappelle,
Voisine aussi chère que belle,
Que vous avez plus d'une fois

Trouvé plaisir au grand poëte,
Même quand de son interprète
Il prenait les vers et la voix.

A vous deux faites-en lecture.
Est-ce condition trop dure ?
Vous n'en prendrez qu'à volonté,

Et j'aurai toujours un sourire
A songer vous entendre dire :
Piu non leggemmo avante.

Enfin, vous ne voulez pas être
Sujets du germanique maître
Que nous donne un sort rigoureux,

Et vous cherchez asile en France,
Le cœur gros, mais plein d'espérance
En des temps pour nous plus heureux.

Vous soupirerez, ô Marie !
Pour votre première patrie,
Le *Recordaremur Sion.*

Alors songez au vieux ménage
Qui dans votre ancien voisinage
Vous garde son affection :

Quand vous allez, sur Rhône ou Seine[1],
— N'importe où le destin vous mène, —
Faire plus d'un ami nouveau,

Ce souvenir, je le demande
Comme principal but où tende
L'envoi de mes in-octavo.

1. M. Sarazin attendait une nomination qui devait l'envoyer soit à Paris, soit à Lyon.

Scharrach.

A Mlle MINA HOFFMANN

de Ratisbonne.

Vous voulez bien, Mademoiselle,
De votre regard le plus clair,
Voir à quel point je suis fidèle,
Comme traducteur de Schiller.

A noter, pendant cette étude,
Ce qui dans mes vers manquerait
D'expression, d'exactitude,
Votre crayon est dejà prêt.

Je vais devoir à tant de peine
— Déjà je vous en dis merci, —
Que mon édition prochaine
Soit plus pure que celle-ci.

Au travail où je vous condamne
En vous demandant si, vraiment,
Mon français en rien ne profane
Les vers du tragique allemand,

Vous userez un exemplaire ;
Mais vous n'en avez, à présent,
D'autre que celui dont mon frère
Reçut mon fraternel présent [1].

Il doit y tenir, j'imagine ;
Or, à le souvent feuilleter,
Même votre main blanche et fine
En viendrait à le lui gâter.

Voici, mon aimable éplucheuse,
Mes volumes. Libre ils vous font
De n'être pour eux scrupuleuse
Pas plus à la forme qu'au fond.

---

1. Mlle Hoffmann, depuis plusieurs années gouvernante de l'une des petites-nièces de l'auteur, était alors en villégiature chez les grands-parents de son élève.

Je vous en fais maîtresse unique :
Fouillez-y d'esprit et de doigts.
J'attends une franche critique,
Et si j'y riposte parfois,

Quoique ainsi mises en présence
Par nos littéraires débats,
Du moins l'Allemagne et la France
En nous ne se haïront pas.

Oh ! l'Allemagne !... Eh bien ! chez elle,
Malgré tout j'aurai deux amis :
Schiller... et vous, Mademoiselle,
Si vous voulez du compromis.

Scharrach, 21 septembre 1871.

MA CAMPAGNE

X

LE CARROUSEL

Douzième Scharrachbergheimoise

A MA NIÈCE, Mme ÉDOUARD BRAUN

Dat veniam corvis, vexat censura columbas.
(JUVÉNAL.)

I

Qu'on me permette un peu de morale facile,
Ou, pour dire plus juste, un peu de charité :
Quand chute si souvent la pauvre humanité,
Indulgence pour qui simplement y vacille.

II

J'ai dans mon voisinage un jeune menuisier.
Sa femme, jeune aussi, n'est ni belle, ni laide.
Pas d'enfants, d'ouvriers non plus ; seule elle l'aide
A façonner sapin, ou chêne, ou merisier.
Il est, en même temps, et peintre, et vitrier.

L'ouvrage n'est pas fort, et pas fort le profit.
On ne fait pas souvent travailler, au village :
Chacun, s'établissant, a meublé son ménage,
Et fort peu renouvelle armoire, table, ou lit :
Avec son mobilier le paysan vieillit.

C'est quelque supplément aux objets principaux ;
Un banc à la mairie, à l'église, à l'école ;
Un volet qu'on repeint, un huis qu'on rafistole ;
C'est un rayon au mur, des lattes à l'enclos,
Ou bien une fenêtre où manquent des carreaux.

Si l'on vit maigrement, on ne s'en plaint pas trop ;
On se console, aux jours où grossit le salaire,

En prenant le plaisir, — ils auraient mieux à faire, —
Que François Rabelais dit *humer le piot*....
Pour les en excuser qu'on me permette un mot.

Ce couple a la bonté commune aux malheureux.
Aux choses du Devoir jamais il ne sourcille.
La mère de l'époux, une orpheline, fille
De sa sœur, ont le gîte et l'entretien chez eux :
La mère est impotente, et l'enfant, scrofuleux.

Et de leurs soins pour lui jamais ils ne sont las ;
Ils l'emmènent, si c'est au dehors qu'est l'ouvrage.
Un jour qu'ils s'en allaient de noce dans un village,
Je les ai vus partir cet enfant sur le bras,
Et, quoique bien tentés, mes gens ne burent pas.

Ils revinrent le soir, — l'air était étouffant, —
Ils marchaient droit, du pas de quelque mule à l'amble :
« Eh ! nous avons été bien sages, ce me semble »,
Leur dis-je alors. Et lui, d'un air tout triomphant,
Me montrant son fardeau : « N'avions-nous pas l'enfant ? »

De leur bienfait à deux on ne dit guère mot.
Tel qui se garde bien de faire œuvre aussi belle,

De tout autre que lui la trouve naturelle.
Ce qu'on dit de mes gens c'est leur petit défaut,
Et, charitablement, on en parle bien haut.

III

Or, avint cet été qu'un artiste ambulant,
En char bariolé, moitié noir, moitié jaune,
Aux bords de la Mossig, qu'ombragent l'orme et l'aulne,
Et dont le flot toujours coule bourbeux et lent,
Sur le sol communal planta son camp volant.

Il vit d'un cirque, ainsi qu'en vivait Franconi.
Il possède, en grand nombre, étalons et cavales,
Mais tels qu'il ne leur faut ni mors ni martingales ;
Si dociles que nul encor n'en fut puni ;
Si calmes qu'aucun d'eux n'a même encor henni.

Rien à leur commander du fouet ni de la voix.
Pour eux, nulle dépense en fourrage ou litière.
Le public lui fournit écuyer, écuyère,

S'il aime et s'il consent à payer les tournois
Qu'offre le *Carrousel* sur ses chevaux de bois.

Le lendemain, — c'était un dimanche d'août, —
Brillait, banderolé dans sa charpente peinte,
Le cône renversé, couvert de toile, enceinte
Où l'on risque bien moins de se casser le cou
Que d'avoir mal au cœur. — Prix de la joûte, un sou.

Au centre, et comme sons guerriers pour appeler
A ce jeu, souvenir de la Chevalerie,
Un de ces orgues dits si bien *de Barbarie.*
Sur le bord, toujours prête à se renouveler,
La bague que les preux tâcheront d'enfiler.

Auprès du Carrousel grand était le concours.
Supputant dans leur main quelques sous, une aubaine
D'une mère ou d'un père obtenue avec peine,
Les gamins se disaient : « J'en ai pour tant de tours ! »
Mes gens étaient venus ; avec l'enfant, toujours.

A quelques pas du cirque, un autre industriel
Avait, sur deux tréteaux que recouvraient des planches,

Des petits pairis, du vin, de la bière, des tranches
D'un saucisson à l'ail, et des *Fasten-Brezel* :
Un croque-en-bouche d'eau, de farine et de sel [1].

A tant d'appâts se prit mon duo menuisier.
Il ne sentit, d'abord, qu'un désir un peu vague
D'enfourcher un cheval et de courir la bague.
— Trois anneaux enlevés donnaient au chevalier
Droit d'une joûte en plus sans bourse délier. —

Bientôt c'est au plus vif que monte le désir.
Alors le menuisier : « Dis-moi donc, Marguerite,
Si ce n'est pas pour nous, au moins pour la petite,
Faisons un tour. Bien rare est pour elle un plaisir ;
C'est une occasion.... » — « Pierre, il faut la saisir ! »

Et les voilà, tournant sur les coursiers ligneux,
Le mari, lance au poing ; la femme, un peu troublée.
Le premier tour fini, point de bague enfilée !
Bah ! mon homme serait au second plus heureux.
Et l'on paya le prix du tour numéro deux.

1. Voir, page 218, *les Mets alsaciens.*

Le signal est donné ; les voilà repartis.

Encore, cette fois, point d'anneau qu'on enlève !

En selle on se maintient, quand la course s'achève :

La troisième fera la suivante gratis.

Et, toujours espérant, on alla jusqu'à dix.

Voilà donc trente sous dépensés, compte fait.

Mais on vient d'accomplir un bien rude exercice :

N'est-il pas naturel que l'on se rafraîchisse ?

Et l'enfant ! Son goûter, ne faut-il pas qu'il l'ait ?

Et, disant tout cela, l'on s'attable au buffet.

On y resta longtemps. Lorsque, enfin, on régla,

Ce fut encor pour lui, pour l'enfant et pour elle,

Trente autres sous de moins dans leur maigre escarcelle.

Au village, bientôt, le bruit en circula,

Et l'on cria plus fort haro sur ces gens-là.

IV

Certes je trouve mal qu'un ouvrier dissipe

Le gain de la semaine à fêter les lundis ;

Qu'il le perde, buvant, jouant, fumant sa pipe,
Et n'en porte que peu, rien même, en son taudis.

Mais je n'approuve point qu'on lui soit trop sévère
Pour chaque pauvre sou qu'il a mal employé :
Il faut bien lui laisser, au fond de sa misère,
Quelque petit plaisir dont il soit égayé.

On en blâme pourtant bien vite un misérable.
Mais, qui de son argent fait toujours bon emploi ?
Oh ! qu'avant de jeter la pierre au pauvre diable
On devrait, bien souvent, faire un retour sur soi !

Du reste, l'ouvrier qu'en ces vers je crayonne
Est rangé, travailleur, mari toujours charmant,
Et qu'il prenne un peu trop du jus que le cep donne,
Du moins, je vous l'ai dit, c'est conjugalement.

Scharrach, septembre 1871.

A Mlle MATHILDE GRINCOUR

Au château de Fontallier (Nièvre).

Onc ne vous vis, mais bien vous sais charmante :
Grand los de vous est venu jusqu'à moi ;
L'ont proclamé témoins dignes de foi,
Et mentirait qui dirait qu'aucun mente.

A leurs propos ai vite senti naître
Moult vif désir de vous voir ; ains, jamais
N'espère aller d'Alsace en Nivernais,
Me donner l'heur de par moi vous connaître.

Ne m'est pourtant ce seul désir en tête,
Songeant à vous : Sur cettui blanc papier,

Cœur et courage ai pris de vous prier
D'ouïr de moi la suivante requête :

Deux beaux messieurs, au pourpoint militaire,
Dont la pensée est souvent à Nevers [1],
D'aucun Germain dont translatai les vers,
Voulaient pour vous le présent exemplaire :

Il leur serait une chance certaine,
Disait chacun, de vous plaire. — « Fort bien !
Puisqu'il est bon, j'en garde le moyen »,
Leur fis-je alors, « colonel, capitaine !

L'occasion m'en est unique et belle ;
D'en trouver autre il vous reste le temps ;
Mais moi, je touche à soixante-sept ans.... »
Ai-je eu raison, ma gente demoiselle ?

Sais qu'avez goût à la langue allemande ;
En ai tiré les tomes que voici.

---

1. M. Heintz, aujourd'hui colonel du 93e de ligne, et, par lui, le second fils de l'auteur, pendant leurs garnisons de Nevers, y avaient trouvé un très-gracieux accueil dans la maison de M. Grincour.

Vous plaise y voir si l'œuvre a réussi :
Telle faveur en ces vers je demande.

Et puis, donnez office de me dire,
Au capitaine, ou bien au colonel,
Qu'au livre ainsi chu dans votre castel
Êtes bénigne et que voulez le lire.

Scharrach, le 18 octobre 1871.

SUR UNE PHOTOGRAPHIE DE Mlle ELISE E.

Que je ne connais pas.

Bien m'en a pris d'être à l'hiver de l'âge :
En mon printemps, voire encor mon été,
A rencontrer si décevante image,
Aurais couru vers la réalité,
D'un cœur si chaud lui dire : Je vous aime !
Que, convaincue à voir tant riche amour,
Elle eût fini par me dire de même,
Et fou serais depuis cet heureux jour.

Mulhouse, 6 décembre 1871.

LE BILAN DE NOTRE BONHEUR

au 31 décembre 1871.

A MA FEMME

> Je le vois bien, vous me boudez, ma muse,
>   Et dans un coin vous murmurez :
> Je vous entends dire que l'âge m'use ;
>   Que j'ai trop de jours désœuvrés ;
> Qu'à vos leçons le temps me fait rebelle ;
>   Que sur le luth mes doigts sont mous,
> Quand autrefois... Je vous comprends, ma belle :
>   Chère muse, résignez-vous.
>   (L'AUTEUR. *Chanson inédite.*)
> Ils s'aiment jusqu'au bout, malgré l'effort des ans.
>   (LA FONTAINE.)

Tu m'as dit parfois, ma bien chère,

Quand tu me prenais à rimer,

Que je me laissais trop charmer

A ce jeu-là, qui ne vaut guère

Le temps qu'il y faut consumer.

Et je te répondais : « Qu'y faire ?
Quand il plut à Dieu d'animer,
En me créant, un peu de terre,
Il lui plut aussi d'allumer
Au sein du petit sublunaire
Qu'il venait en moi de former,
La flamme plus ou moins lumière,
Qui force un homme à s'exprimer
En langage autre que vulgaire,
Lorsque sur la feuille légère,
— Dire qu'on la fait chez mon frère,
Du mot papier, trop ordinaire,
Me dispense de la nommer, —
Le cœur, l'esprit, dont le poëte
N'est que le fidèle interprète,
Viennent lui dire de jeter
Ce qu'il leur plaît de lui dicter. »

— L'esprit, ce point est à noter,
Au cœur doit toujours s'ajouter
Pour besogne bonne et complète.
Ici, la preuve en sera faite

Au rebours de ce que souhaite
Le mari qui vient te fêter. —

Alors, pas question d'opter
Comme un *annexé,* qui s'apprête
A dire, devant la conquête :
« Soyons Germain ! Courbons la tête :
Au sort je ne puis résister. »
Ou bien : « Français je veux rester !
La Prusse est loin de me tenter :
Monsieur Bismarck, je fais retraite ! »
Eh ! non ; il faut s'exécuter,
Et toujours avoir plume prête....

Et j'ajoutais comme argument :
« Lorsque tu viens, si fréquemment,
Me présenter nouvelle cause
De te dire, encor plus aimant
Que de coutume, douce chose,
Puis-je bien te le dire en prose ?
Fait-on en prose un compliment
Autre que ceux dont on arrose,
Toujours à même forte dose,
Toujours aussi servilement,

Le maître d'un Gouvernement,
Sire, ou Président seulement,
Et ses ministres mêmement ? »

Puis, à mon grand contentement,
Esprit et cœur, conjointement,
T'offraient victorieusement
La poétique fleur éclose
De leur union du moment.

Ainsi faisais-je anciennement.

Hélas! aujourd'hui plus je n'ose
Parler aussi résolûment :
Un bien autre avertissement
Que le tien, fait si gentîment,
Un impitoyable critique,
Le Temps, est là pour m'éclairer :
Le brutal vient me déclarer
Qu'à mon âge peut se montrer
Le cœur encor, l'esprit, bernique!

Or voici qu'à ce bout de l'an
J'avais projeté, chère bonne,

Mes vers sous forme de bilan

Du bonheur que le Ciel nous donne ;

Vers où plus d'une expression

Te ferait voir tout ce qu'exerce

De poétique pression

Une atmosphère de commerce ;

Un vrai style d'occasion,

Où certain goût de terroir perce.

Oui, l'an mil huit cent septante-un,

Du mois de décembre le treize,

Je voulais t'offrir ma synthèse

D'un bonheur qui n'est pas commun,

C'est-à-dire rare sur terre.

Ce bonheur comme on n'en voit guère

Nous est commun, la chose est claire,

L'un et l'autre en est partenaire,

Bien qu'en la répartition

Qu'entre nous ton amour opère

Des profits de notre inventaire,

A moi soit la part du lion,

Et que je me la laisse faire.

Le cœur avait déjà son plan,

Il était tout heureux, mais, pan !
Son associé l'abandonne !
Le pauvre diable n'est pas blanc
En telle aventure. Pardonne
Si, seul à parler, il tâtonne.

I

Voici mon essai de Rapport
Sur notre raison sociale :

Notre fortune conjugale
A son Avoir compte, d'abord,
Un bien qu'aucun autre n'égale,
Personnel, respectif apport
De la Communauté légale,
Et, pour celle du cœur, plus fort,
Et dont il est le coffre-fort.
Non, cependant, ma chère amie,
Que nous l'y laissions sans emploi :
Nous le prouvons assez, je croi.
Ce bien-là, c'est... ? Tu sais bien quoi :
C'est notre amour, bien dont, ma foi !

Nous usons sans économie ;
C'est cet amour de moi pour toi,
C'est cet amour de toi pour moi,
Vieux, mais toujours de bon aloi.
L'économiser ! eh ! pourquoi ?
Une recette journalière,
Et si forte qu'en vérité
C'est presque à ne savoir qu'en faire,
Permet à la Communauté
Dépense de millionnaire.

II

A ce même Avoir j'ai porté,
Procédant d'année en année,
Trois fils, et leur sœur, leur aînée.
C'est de notre Communauté
L'époque la plus fortunée :
Qu'ils étaient beaux ces quatre enfants !
Qu'il faisait bon les voir éclore !
Comme ils nous rendaient triomphants !
C'était Cécile, et Théodore ;
C'était Albert, c'était Henri ;

C'était le cœur, l'intelligence,

Notre orgueil et notre espérance!....

Mais, après nous avoir souri,

Dieu nous envoya la souffrance :

Nous avons, le cœur déchiré,

A nos pertes enregistré

Henri, d'abord, puis, notre fille !

D'une autre, en sa grande bonté,

Le Ciel orna notre famille.

Théodore, en enfant gâté,

De ce trésor-là fut doté ;

Et, grâce à leur activité,

Tôt nous eûmes, — quelle recette ! —

Roger, Edmée et Juliette,

Nos petits-enfants, si gentils.

En voilà pour nous des profits !

III

Mais, jusqu'ici, notre inventaire

Laisse au chapitre *Déficits*

La femme de notre autre fils,
Ce terrible retardataire
Pour le régiment des maris,
Et les enfants dont il doit faire,
Toi, grand'maman, et moi, grand-père,
Femme et bébés dont, je l'espère,
Avant peu notre militaire
Réjouira nos cheveux gris.
Mais que le cher enfant se presse,
Si, de ce spectacle si beau,
Il veut encor que le rideau
Se lève pour notre vieillesse !

IV

En arrière il faut retourner
Pour, comme Avoir, mentionner
Nos jours de carrière publique,
De magistrat pendant vingt ans,
Et, pendant un peu plus de temps,
De deux cent mille Protestants

Le préfet ecclésiastique ;
Ce que j'étais réellement,
Sous mon titre, trop long vraiment,
Pour qu'il trouve ici placement [1].

La période juridique [2]
Fut notre temps économique :
Malgré plus d'un avancement,
Le traitement restait modique.

Mais, comme dédommagement,
Si la fortune financière
Était en stationnement,
L'autre, celle du sentiment,
Augmentait de belle manière.

C'est à Strasbourg, là seulement,
Quand, pour un fonctionnement
Tout autre que réquisitoire
Sous robe rouge ou robe noire,
L'État, définitivement,

[1]. Voir la note de la page 247.
[2]. Du 11 janvier 1829 au 9 novembre 1850.

M'eut fait y borner notre course[1],
C'est là qu'un peu plus largement
Nous pûmes ouvrir notre bourse.
Mais notre argent, de ce moment,
Peut-être trop légèrement
S'en épancha comme de source.
A notre Avoir mon traitement
Était un article charmant.

V

Il a fallu, subitement,
Au chapitre Pertes l'inscrire.
Celle-là n'y fut point la pire !
Nous avions successivement
Vu tomber misérablement
Royauté, République, Empire,
Toujours au grand contentement
De qui faisait le changement

1. Du 9 novembre 1850 aux préliminaires de paix, 1871.

Ayant intérêt à le faire ;
Il nous faut, pour couronnement,
Voir cette alsacienne terre,
A ton cœur comme au mien si chère,
Gémir sous le sceptre allemand,
Victime de la folle guerre
Qu'on doit au bénéficiaire
Du troisième renversement !

VI

Ce souvenir, ma chère femme,
Me ramène au chapitre Avoir :

De quel épouvantable drame
A Dieu nous avons dû de voir
Sortir nos fils, après avoir
Pour eux, sur la houleuse lame
D'une mer de crainte et d'espoir,
Si longtemps, de l'aurore au soir,
Prié, tremblé, souvent encore

Du soir au retour de l'aurore !

Hélas ! le ciel est resté noir
Pour bien des mères, bien des pères,
Depuis nos deux horribles guerres,
Avec les hordes étrangères,
D'abord, puis, — comble de misères ! —
Avec un passager pouvoir
D'assassins et d'incendiaires !

VII

Mais quelle baisse dans les cours
Que notre fortune calcule,
Quand, bombardé trente-neuf jours,
Strasbourg en cendres capitule !

Loin l'un de l'autre nous étions
Pendant l'épouvantable siége [1],
Et l'un de l'autre nous disions,
Priant toujours : « Te reverrai-je ? »

1. Voir page 261.

VIII

Oui, je t'ai serrée en mes bras,
Mais bien souffrante encore, hélas !
Chère ange arrachée à la tombe !

Oui, tu l'as revu, ton mari ;
Mais, sous l'obus et sous la bombe,
Que sa prison l'avait maigri !

Après notre double martyre,
Quel revoir de pleurs, de sourire !
Ce bonheur, je viens de l'inscrire,
L'œil mouillé, le cœur attendri.

IX

Le ciel reprit sa sombre voûte
Quand notre association

Dut supporter la banqueroute
Qu'on a nommée Annexion.

O noble, ô cher pays d'Alsace,
Le plus beau que la France ait eu,
Faut-il qu'un sort cruel te place
Sous le maître à casque pointu !

O blessure patriotique,
Quel médecin te guérira ?
Ou Monarchie, ou République,
Des deux, laquelle y parviendra ?

O ma chère France ! Sois sage !
La guérison est à ce prix ;
Sinon, de naufrage en naufrage,
Tu ne serais plus que débris.

Chez toi, ma France désolée,
Je ne puis plus aller m'asseoir :
Ma saison belle est écoulée,
Et j'attends la fin de mon soir.

Je ne lèverai plus ma tente
Du sol qui te fut arraché,
Et je dois te pleurer absente,
Ici, désormais, attaché.

Mais non pas en enfant rebelle :
Je suis né sur ton sol ancien [1],
Et reste, doublement fidèle,
Un Français, un Alsacien.

X

La période intermittente
Cesse, notre prospérité,
Grâce à Dieu, désormais constante,
Fait une *rentrée* importante
Entre toutes : C'est ta santé.

Pour ce bienfait tant souhaité,

1. Dans le département du Rhône, le 17 janvier 1805. L'auteur, amené
en Alsace dès le mois de juillet 1806, ne l'a plus quittée depuis que pour
ses années d'études secondaires, à Montbéliard et à Nancy.

De notre âme reconnaissante.
Jusqu'à Dieu l'hommage est monté.

Toi malade, mais économe,
Parfois à ton associé
Tu répétais : Oh! mon Dieu! comme
Je t'aurai coûté, mon pauvre homme,
Quand, morte ou non, sera payé
Le médecin, l'apothicaire,
Le personnel subsidiaire
A mon chevet ayant veillé,
Et tout l'*et cætera,* cher père!

A quoi, bien doucement : Ma chère,
Disais-je, veux-tu bien te taire!
En toi la guérison s'opère
Par degrés, mais certaine, entière :
Patience! ma bonne; espère!
Le bon Dieu de nous eut pitié.
Ton *morte ou non* pourrait lui faire
Croire que tu l'as oublié.
Et quant au métal monnayé
Que ma chère femme regrette

Comme en maladie employé,
Voici ce que je te répète
A mon tour : Point ne t'inquiète :
Songe donc que sur ta toilette
Économie énorme est faite,
Et sur ces dîners où l'on jette
Un argent qu'il vaudrait bien mieux
Distribuer aux malheureux ;
Sur ces assauts de bonne chère,
Dans le monde fonctionnaire,
Où tel ou tel, pourtant, n'a guère
De quoi faire le généreux ;
Un gaspillage ridicule,
Presque coupable, si tu veux,
Qui renouvelle la sportule,
Mais de vos clients ne fait pas
Autre chose que des ingrats.
L'homme, à l'ingratitude, hélas !
En tout, met fort peu de scrupule :
Tels les cœurs, tels les estomacs.

Et mes discours étaient la preuve
Que tu ferais bientôt peau neuve,

Que te revenait la santé :
Tu les supportais, pauvre femme !
Que, pour toi, le mal eût été,
Où tu l'imaginais, porté,
Devant cette loquacité
Tu n'avais plus qu'à rendre l'âme.
Mon bavardage à ton côté
Était de double utilité :
Tantôt par son grain de gaîté,
Comme réconfortant dictame
Versé sur ton cœur attristé [1],
Tantôt, par sa monotonie,
Comme remède à l'insomnie,
Et c'est à t'en voir endormie
Que bien souvent je m'arrêtai.

Maintenant, si notre ménage
De son Avoir n'enrichit plus
Ni docteurs, ni leur entourage,
Tu n'en feras pas davantage

---

1. Et moi sur qui la nuit verse un divin dictame.

(LAMARTINE.)

De grande toilette étalage,
Et c'est par simple badinage,
Que de la tienne, ci-dessus,
J'ai parlé : N'importe en quel âge,
Du jour de notre mariage
Au jour où nous voici venus,
Sur cet article-là tu fus
Toujours modeste, toujours sage,
— En tout c'est ton double apanage, —
Si bien que, maintes fois, je dus
Te répéter : « Allons ! courage !
Un peu moins de raccommodage !
D'étoffes neuves un peu plus ! »

De même, voilà disparus
Nos présidentiels menus.

A l'avenir, en vrais reclus,
Nous habiterons le village
Où depuis sept ans tu te plus,
Quand Mai ramenait le feuillage,
A retrouver notre cottage.
Et de ce qu'en l'affreux orage

Dont nous venons d'être battus,
Nos plus importants revenus,
Mes traitements, se soient perdus,
D'accord avec toi, je conclus.
Que de mon modeste héritage
Nous vivrons dans notre ermitage,
Comme le Rat dans son fromage ;
Sans pourtant que le plagiat [1]
A ce point soit poussé de faire
Refus de l'*aumône légère*
Aux *députés du peuple Rat :*
J'appelle ainsi toute misère.

Et lorsqu'en ton joli Scharrach,
L'hiver, trop rude, nous dira :
Allez en moins froide atmosphère,
Notre duo s'abritera
Dans Mulhouse, l'hospitalière,
La grande manufacturière,
Où tu naquis à la lumière,
Voici treize lustres de ça ;
Où, de toi toujours désireuse,

---

1. On a écrit : Les plagiaires de la Terreur. (LITTRÉ. *Dictionnaire.*)

T'attend la cohorte nombreuse
Des bons parents, des bons amis,
Dont le ciel encore a permis
L'heur à notre vieillesse heureuse.

XI

Je crois avoir tout supputé.
Récapitulons ; le temps presse :

Il nous reste, en notre vieillesse,
Notre mutuelle tendresse,
Aisance et passable santé ;
Nos deux fils, notre belle-fille,
Qui, si son homme a mérité
D'être en perle d'époux cité,
En diamant, de son côté,
Comme femme et mère scintille ;
Et nos petits-enfants, les trois,
Mioches de tout premier choix ;
Et notre nombreuse famille,
Et nos amis, tous de ceux-là

Que le Fabuliste appela,
En quelque endroit, « si douce chose ».
Un tel Actif est, pour qui l'a,
Du bonheur à bien forte dose.

Ajoutons encore à cela
Ton cher Scharrach, notre retraite,
En air pur, au milieu des monts,
Où nous nous ferons toujours fête
De recevoir qui nous aimons.

Au delà de notre espérance
Heureux nous nous proclamerions,
Si tous deux nous ne souffrions
Des maux de notre chère France.
Toi que pour elle nous prions,
Mon Dieu, mets fin à sa souffrance !

XII

Voilà comme, pour le retour
De la date où tu vis le jour,

J'arrangeais le petit poëme
Où de mes paroles d'amour
Eût varié l'éternel thème.
Or, autre chose est méditer,
Autre chose est exécuter :
Chez moi le cœur est toujours même,
C'est inutile à répéter,
Mais l'esprit, à vouloir tenter
De te prouver qu'encor je t'aime,
L'esprit ! en arrive à rater.

Du cœur il faut te contenter.

L'aveu que j'avais à te faire,
— Hélas ! était-il nécessaire ? —
N'a pas pu sortir tout entier
De ma tête et de l'encrier
Pour la journée anniversaire
Que j'avais à versifier.

Le voici le premier janvier.

Ce retard a cela d'utile,

Qu'involontairement habile
Comme involontairement lent,
Tel quel, mon hommage sénile
Où j'ai dit, me battant le flanc
Pour ce poétique bilan,
Notre bonheur, rare entre mille,
Pour toi fête, à la fois, Cécile,
Jour de naissance et jour de l'an.

Mulhouse, décembre 1871.

LE VOLUME REMPLACÉ

A MON AMI ARMAND WEISS

Habent sua fata libelli.
(TERENTIANUS MAURUS[*])
Par malheur, de la lampe
Tombe.....
(DEMOUSTIER.)

Tu m'avais prêté, cher Armand,
Ce livre où l'auteur anonyme
Nous intéresse à Metz, victime
D'un inepte commandement[1],
— Pour en parler bénignement, —
Et que d'autres nommeront crime,
Hélas ! peut-être justement.

[*] Voir la note 5 à la fin du volume.
1. METZ : *Campagne et négociations,* par un officier supérieur de l'armée
du Rhin. (M. d'Andlau, colonel d'état-major.)

Victime en fut, pareillement,
L'armée, aux mains de l'Allemand
Livrée un matin prisonnière ;
Victime, enfin, la France entière,
Qui de sa fortune guerrière,
Dans ce funeste dénoûment,
Perdait l'espérance dernière.

Bien entendu, pour un moment :
Dieu lui redeviendra clément ;
Nous la reverrons forte et fière.

De ce livre, auquel je revien,
Je te renvoie un exemplaire
Autre que celui qui fût tien,
Et tout frais venu du libraire.

Le tien est désormais le mien,
Par accident que je dois taire,
Si je ne veux me décerner
Un bon brevet de maladresse,
Et que, cependant, je te laisse,

Mon cher Œdipe, à deviner

Dans ces mots : O bibliophile[1] !

Ne trouves-tu pas que ces vers,

Bien que j'y dise en simple style

Mon typographique revers,

N'en sentent pas moins un peu l'huilé ?

Voilà la chose à mots couverts.

Mulhouse, 6 janvier 1872.

---

1. M. Armand Weiss, juge d'instruction à Mulhouse au moment de la guerre, expulsé de l'Alsace-Lorraine depuis l'occupation étrangère, est un bibliophile très-distingué.

A MA JEUNE COUSINE CÉCILE SPŒRRY

Sur le dernier feuillet de son premier album.

C'est en un temps plein d'amertume,
De patriotiques douleurs,
Que vous reçûtes ce volume.

Au sortir de nos grands naufrages :
« Rien à la gaîté, tout aux pleurs ! »
Disiez-vous à ses blanches pages.

Et vous en fîtes un domaine
Mélancolique et douloureux :
C'est bien triste qu'on s'y promène !

15.

En voici la feuille dernière.
L'horizon s'ouvre plus heureux
A votre saison printanière.

Un tome deux nous fera lire
De l'un peu moins gris, n'est-ce pás ?
Parfois nous pourrons y sourire ?

Le successeur serait étrange
A rester sur ce ton d'hélas !
Qu'il y fasse un sage mélange !

Il ne faut pas, à votre aurore,
Vous rider un front soucieux,
Pour le porter plus loin encore.

Laissez-la telle qu'elle brille :
Ils sont si beaux vos premiers cieux !
Gaîté sied à la jeune fille.

Puisque sur ce feuillet, cousine,
Vous voulez avoir de mes vers,
Ma muse met une sourdine.

D'ordinaire elle a la voix haute,
Et rit ; — c'est, peut-être, un travers,
Mais est-ce à moi qu'en est la faute ? —

Ce livre la rend sérieuse,
Même pour dire à vos seize ans
Que vous aurez la vie heureuse.

Elle fut toujours, de nature,
Dans les prophètes bienfaisants ;
Sa prophétie est toujours sûre.

Sous l'âge, alors qu'elle chancelle,
Que je sens sa voix s'arrêter,
— Il n'est plus de muse éternelle, —

Votre vieux cousin, ô Cécile,
Est heureux de vous apporter
L'oracle à temps encore utile.

Mulhouse, 7 mars 1872.

MA CAMPAGNE

XI

ENCORE *LE PLAT FÊLÉ* [1]

TREIZIÈME SCHARRACHBERGHEIMOISE

A M. JOSEPH HUGELIN

> Souvent la peur d'un mal nous conduit dans un pire.
>
> (BOILEAU.)

Alors que, l'an passé, le premier jour d'avril,
Je vous faisais rapport sur mon plat en péril,
Que je vous invoquais, cher artiste, à mon aide,
Vous fûtes bien d'avis du radical remède :

[1]. Voir, page 288, *le Plat fêlé*.

Voyant le pauvre diable en un danger pressant,
Vous vouliez, sans tarder, lui faire un remplaçant,
Et vous alliez, pensais-je, aussitôt dire : « Vite !
Que dans mes ateliers ce mourant ressuscite !
Créons-lui son Sosie ! » Et j'étais attendant
Au jumeau du chef-d'œuvre un valide pendant.

Tout à coup, une idée en votre tête passe :
Ce plat, à qui la mort déjà fait la grimace,
Il ne vous convient plus de le renouveler !
Vous trouvez suffisant de le rafistoler !
« Je vais », m'écrivez-vous, « à l'enfant qui chancèle,
Faire mettre un tuteur de ceux que Dock cisèle ;
Vous savez, mon ami le sculpteur ? Il fera
Un cadre où le malade en santé semblera ;
C'est la mode, à présent, de ces *profils* de chêne,
Pour en orner les plats, — faïence ou porcelaine, —
Que l'on suspend aux murs. Donc, grâce à mon ami,
Votre écusson branlant, désormais raffermi,
Dans la salle où l'on est aux heures de la table,
Figurera, toujours splendide, et non moins stable. »

Moi qui me fie à vous et calcule peu : Bien !

Dis-je ; si vous croyez, essayons du moyen !

Il était beau, parbleu ! Sous l'appareil de chêne
Le blessé s'est vu mis à trop pénible gêne.
Dans ce lit de Procuste un brutal *compelle*
A dû faire qu'entrât le pauvre mutilé ;
Il devait succomber à l'imprudente cure ;
Elle généralise une affreuse blessure :
Aux fentes qu'à son bord les deux premières font,
S'en joignent qui du plat me fragmentent le fond.
Par son docteur d'emprunt l'infortuné malade
S'est vu tout bonnement mettre en capilotade,
Et du disque où brillait l'azur de mon écu,
Vous pouvez maintenant dire qu'il a vécu.

Son mal était bien grand ; le remède y fut pire.
Sa couronne de chêne est celle du martyre ;
Ou bien, pour ne parler encor qu'au figuré
De ce chêne où mon plat se trouve incarcéré,
Ce bois est devenu la crypte où la sculpture
A du pauvre défunt marqué la sépulture.

Ce trépas ne peut point être dissimulé.

Le mort est vainement dans sa châsse étalé :
Vainement append-il à son clou : Que l'on aille
D'un simple éternûment ébranler la muraille,
Et, soudain, de mon plat les débris émaillés
Pourront sur le parquet se voir éparpillés :
Voilà ce qu'aura fait pour lui l'orthopédie !

Comment réglerez-vous les frais de maladie,
Et ceux du ligament dont, aussi, l'on a ceint
Le plat qui n'avait pas besoin de médecin [1] ?

Scharrach, 24 mai 1872.

[1] La réponse a fait exhaler à l'auteur un *Eheu ! quid volui misero mihi !*

MA COURONNE ACADÉMIQUE

A MA FEMME

Dans la félicité complète
Que, dans notre communauté
De quarante-deux ans, m'ont faite
Ton cœur, ton esprit, ta bonté,
J'ai, mon trésor, souvent compté,
Mon bonheur de mari-poëte,
Quand par nous, dans le tête-à-tête,
Schiller était interprété.

Rappelle-toi mes douces heures
Où dans nos diverses demeures,
Soit plus ou moins longues pour moi
Quand m'y retenait mon emploi,

Soit passagères résidences,

Pendant quelque temps de vacances

En des extranéens pays ;

En Baden, ce duché frontière,

Notre si bon voisin jadis,

Et qui fut, en soixante-dix,

Le plus dur de nos ennemis ;

En Suisse, terre hospitalière,

Si noble pour notre misère,

A la même époque de guerre ;

Rappelle-toi surtout, ma chère,

Ces jours du château de ton frère[1],

Et de *Tribschen*[2], et de *Weggis*[3],

Où, non loin l'un de l'autre assis,

Toi, travaillant à quelque ouvrage,

Lin ou coton, soie ou lainage,

Je mettais en notre langage

Les vers du poëte allemand.

Tu m'aidais alors qu'un passage

En barrière, subitement,

---

1. Le château de *Meggenhorn*, sur le lac des Quatre-Cantons, à gauche de Lucerne, à l'entrée du golfe de Kussnacht.

2. Campagne que l'auteur avait louée sur le bord du lac.

3 Village au pied du Rigi, sur le lac.

Se dressait devant mon courage,
Ou tu dissipais le nuage
Qui l'obscurcissait un moment.

Oh ! quelles heureuses journées
Cette chère œuvre m'a données !
Alors tu ne critiquais pas
Mes velléités de poëte,
Comme un peu plus tard tu l'osas
Quand le temps eut blanchi ma tête.

Sous cette autre lune de miel,
De personnages quelle liste
Nous avons suivie à la piste !
Don Carlos, Posa l'utopiste ;
Le franc-tireur Guillaume Tell,
Ce libérateur de la Suisse ;
Béatrice aimant Manuel,
Manuel aimant Béatrice,
Et don César, l'autre amoureux
De leur même sœur anonyme,
Dédaigné, faisant sa victime

Du frère, son rival heureux
Dans cet amour que tous les deux
Croient être un amour légitime,
Et, sous le poids de son remords,
Se plongeant un poignard au corps :
O pauvre double fiancée !!...
Et puis, Jeanne d'Arc, faussée
Sans que l'on s'explique pourquoi ;
Et l'ambition insensée
De Wallenstein, traître à sa foi
Envers son empereur et roi ;
Le noble Max et son amante,
Cette création charmante ;
Et le perfide Octavio ;
Et Stuart, cette pauvre reine
Que sa rivale souveraine
Livre à la hache du bourreau.
Que tout cela, ma femme, est beau !
Non pas dans le maigre tableau
Qu'ici ma vieille plume en trace,
Mais quand l'original se place
Devant notre esprit, stupéfait
De tant de chefs-d'œuvre, et nous fait

Admirer sa force et sa grâce !

Dans le palais, dans le château,
De la ville jusqu'au hameau,
De l'adolescence au tombeau,
Pour l'esprit, sur terre germaine,
Nourriture quotidienne,
Schiller ! d'où se peut-il que vienne,
O grand poëte ! que des cœurs
Où tu soufflas ta douce haleine [1],
Se soient montrés si pleins de haine,
Dans nos implacables vainqueurs [2] ?

Quand, voici trois ans, en Alsace,
J'eus terminé mon *Monument,*
Mot qu'à ses vers applique Horace,
Je m'étais dit, mentalement :
De moi puisse-t-il laisser trace,
De celles que le temps n'efface
Ni trop tôt, ni totalement !

Voilà ce vœu, ma chère amie,

1. Voir la note 6 à la fin du volume.
2. Voir la note 7 à la fin du volume.

Exaucé par l'Académie :
Elle vient de me décerner
Un prix pour mon triple volume,
Autrement, de le *couronner*.
C'est là le mot que la coutume
A tel honneur lui fait donner [1].

Or, à nous deux est cette gloire :
C'est encore un commun destin.
Mais si, pour fonder ma mémoire,
J'ai le beau rapport de Patin [2],
Dans ce rapport, ô ma Cécile !
Pas un mot du concours utile
Que tu donnais, soir ou matin,
A ma besogne traductrice,
Et ce concours, je ne veux pas
Qu'il reste ignoré. Mais, hélas !
Ma chère collaboratrice,
Pour qu'avec le mien soit porté
Ton nom à la postérité,
Le perpétuel secrétaire

1. Voir la note 8 à la fin du volume.
2. Voir la note 9 à la fin du volume.

Ne peut, dans son compte rendu,
En article supplémentaire
Glisser l'hommage qui t'est dû.

Comme part à ma renommée,
Tu n'auras donc, ma bien-aimée,
Que celle que te font ici
Les vers étriqués que voici.

Et comme, à défaut de couronne,
Trop difficile à bien porter,
Les Quarante m'ont fait compter
Quinze cents francs, je te les donne.

Scharrach, août 1872.

A MON AMI CHARLES ROSSEL

JUGE HONORAIRE A MONTBÉLIARD

Sur un exemplaire de ma traduction de Schiller.

Chez toi qui, dès notre jeune âge,
Ami fidèle m'es resté,
Je dépose ce gros ouvrage,
Que quinze ans durant j'enfantai,
Et qu'en grande solennité,
L'Institut, naguère, a doté
Du métaphorique feuillage
Qu'il dit *couronne,* en son langage,
Mais que, depuis longtemps, l'usage

En billets de banque a muté.

Ce dépôt, cher juge honoraire,
L'auteur n'est pas seul à le faire :

Toi qui, sur la française terre,
Me donnes l'hospitalité [1]
Alors que, vu le commentaire
De nos vainqueurs sur le traité
Qu'à Francfort on a minuté,
Pour l'Alsace ils ont décrété
Qu'Alsacien ayant *opté,*
Français né hors de la frontière
De ce sol qu'ils nous ont ôté,
Mais s'y trouvant, avant la guerre,
En domicile incontesté,
Que l'un ni l'autre n'y peut faire

1. L'auteur, né dans le département du Rhône, était dispensé de l'option ; mais, pour conserver sa nationalité, il dut avoir acquis son domicile en France pour le 1er octobre 1872, et, antérieurement à cette date, avoir été, à cet effet, absent d'Alsace-Lorraine pendant six mois, absence dont la durée était indispensable, selon l'autorité allemande, pour qu'à ses yeux ce domicile fût acquis. Il avait choisi Montbéliard, où il a fait ses premières études et conservé quelques amis. L'un d'eux, M. Charles Rossel, s'était empressé de lui offrir un appartement dans sa charmante habitation. Voir, page 375, *la Maison de Charles Rossel.*

Un séjour, même limité,
Sans que, d'abord, il ait été
Réadmis au droit de cité
Dans sa patrie originaire ;
Non point par simple formulaire,
Tel que certificat d'un maire,
Mais en toute réalité,
Dans l'acception la plus claire
D'*établissement transporté*,
La personne étant de l'affaire ;
Toi, dis-je, ô cher destinataire
De ce spécial exemplaire,
N'as-tu pas ta dualité ?
Pour moi, n'as-tu pas ajouté
A l'ami le propriétaire ?

Eh ! bien, en moi-même s'opère
Analogue connexité ;
Mais de la tienne elle diffère
En ce qu'en ma complexité,
Je vais jusqu'à la trinité
D'auteur, d'ami, de locataire.

Or, de cette triple unité,

Envers Ta Gracieuseté,
Par le livre sus-relaté
Chaque personnage s'acquitte,
— Maigrement, à la vérité :
C'est ne te donner que la pite, —
En remettant chez ton portier,
L'auteur, un plat de son métier,
L'ami, sa carte de visite,
Le locataire, son loyer.

Scharrach, août 1872.

A Mme FRANÇOIS EHRMANN

I

Quand, voici quelques jours, vous étiez attentive
    A m'écouter lire *Stuart,*
J'ai vu, par intervalle, une larme furtive
    Obscurcir votre pur regard.

Vous vous sentiez, Madame, à bon droit attendrie :
    Vous aimez cette reine ; non
Parce qu'elle était femme et s'appelait Marie,
    Et que ce nom est votre nom,

Mais, parce que, devant son destin si funeste,
    Toute autre infortune a pâli ;
Parce que, du malheur, elle a pu, mieux qu'Oreste,
    Se dire un exemple accompli ;

Que vous ne voulez pas l'Histoire impitoyable
      Pour la veuve de François Deux,
Ni que la passion, d'une image adorable,
      Ne fasse qu'un portrait hideux ;

Que, des propos tenus sur la pauvre Écossaise,
      Souvent votre cœur s'indignait ;
Qu'en vous la Huguenote elle-même est tout aise
      D'opposer Gauthier à Mignet [1].

Dans vos pleurs, je savais n'être pour rien, Madame,
      Moi traducteur tant bien que mal :
Ils étaient le tribut qu'arrachait à votre âme
      Mon gigantesque original.

II

Et puis, vous avez dit ma lecture trop brève,
      Et, d'un œil redevenu clair,
Vous m'avez exprimé le désir que j'achève
      Mon drame traduit de Schiller.

1. Voir aussi, en opposition avec M. Mignet, *Marie Stuart et le comte de Bothwell*, par M. Wiesener. Paris, Hachette, 1863. In-8°.

Si nous devions longtemps l'un près de l'autre vivre,
Votre voisin, bien volontiers,
Pour de semblables pleurs, épuiserait du livre
Les trente-cinq actes entiers.

Je ne vous les lirais qu'en fractions petites,
Et lentement j'accentûrais,
Me ménageant, ainsi, nombreuses mes visites,
Qu'à mon gré je prolongerais.

Mais, vous êtes ici passager météore :
D'ordinaire ailleurs vous brillez,
Et je n'espère plus, à ma lecture, encore,
Voir vos beaux yeux, si doux, mouillés.

Et moi, devant ce qu'ose ajouter l'Allemagne
Au traité, formel, de Francfort,
N'ai-je pas la douleur de laisser ma campagne ?
De subir la loi du plus fort[1] ?

Et quand je resterais ? aussi pour vous, prochaine
Est l'heure de quitter ce lieu ;

1. Voir la note page 360.

Je vais aux bords du Doubs, vous à ceux de la Seine,
Disons-nous donc, Madame, adieu !

III

Mais quand vous serez loin de ce petit village,
D'achever mon *Schiller* français,
— S'il n'a, peut-être, dû votre touchant suffrage
Qu'à ce que je le commençais, —

Si vous vouliez bien être un tantinet heureuse !
S'il vous était un entretien,
Seule, quand votre époux vise aux gloires des Greuze,
Des Corrége ou des Titien !....

Le voici. Quelle main le recevrait plus belle ?
J'espère un peu qu'il me sera,
Auprès de vous, l'ami qui parfois vous rappelle
Votre vieux lecteur de Scharrach.

Scharrach, 11 septembre 1872.

—————

LE CIRCUIT

A MA NIÈCE, Mme CHARLES ZUBER

I

Dans ce beau Meggenhorn, ma chère[1],
A la grande hospitalité,
Où qui la reçoit est traité
En véritable enfant gâté ;
Où, qu'il soit par nous visité,
Par nous, sœur-tante, oncle-beau-frère,
Tu te mets avec père et mère
En constante rivalité,
Tous trois cherchant à nous en faire

---

1. Voir la note 1, page 353.

Comme un vrai séjour enchanté ;
Où tout repas est bonne chère,
Depuis le premier plat noté
Au menu de la ménagère,
Jusqu'au dernier de l'inventaire ;
Donc, dans le château de ton père,
Ce Meggenhorn si bien planté,
Et qui mérite, en vérité,
Que sur l'helvétienne terre
Il soit au premier rang cité.
Pour sa gracieuse beauté,
Il faut, — la chose est nécessaire, —
Qu'un amendement salutaire
Soit dans le régime apporté.
J'y tiens pour le prochain été,
Par intérêt pour ma santé.

Je veux parler du petit-verre
Dont le dîner est complété.

Non point qu'à la totalité
Des flacons qu'en Suisse recèle
La cave à liqueurs paternelle

S'applique la nécessité
D'une fourniture nouvelle :
De ces flacons je n'ai, ma belle,
A critiquer qu'une unité.

Ne te mets point martel en tête
Pour trouver laquelle ; je vais
M'expliquer de façon plus nette :
Dans l'alcoolique cassette,
Le kirsch seul, ma nièce, est mauvais.
Ton père, je le reconnais,
Trompé quand il en fit l'emplette,
De l'aventure ne peut mais.

II

Il semble, en voyant le liquide,
Qui, dans son transparent flacon,
Est diamantement limpide,
Que l'on va siroter du bon.

16.

.Mais quand on y goûte, ô surprise !
Est-ce là ce que l'alambic
A distillé de la cerise ?
Ça, du kirsch ? Fi donc ! C'est du schnick !

Ce n'est pas qu'on n'y reconnaisse,
En cherchant bien, un goût du fruit ;
Pourtant, on se demande : Qu'est-ce
Que l'autre goût qui s'y produit ?

On dirait celui d'une plante ;
Mais de laquelle ? On cherche en vain ;
Et comme il n'a rien qui vous tente,
On ne pousse pas l'examen.

Dans ce kirsch extraordinaire,
Le distillateur suisse a-t-il
Glissé de quelque vulnéraire
Le patriotique pistil ?

Cette composition louche,
Vraie énigme, digne du Sphynx,
Vous brûle, et la langue, et la bouche,
Et l'œsophage, et le larynx.

Pour en calmer la violence,
Que votre hôte y mette le feu,
Dans porcelaine ou dans faïence,
Un morceau de sucre au milieu ;

Quand la flamme bleuâtre cesse,
Le liquide artificiel,
Tout évaporé, ne lui laisse
Que le sucre additionnel ;

Et, de là, cette alternative
Que si, de confiance, il boit
De ce kirsch, le pauvre convive
Dans quelque feu d'enfer se croit ;

Ou que si, l'allumant, il tente
D'en mitiger, et force, et goût,
Bientôt, de la liqueur ardente
Il ne lui reste rien du tout.

III

Je puis arrêter ce désordre ;
Mais, au sûr moyen que j'en ai

Ton père n'ayant voulu mordre,
Vers toi je me suis retourné :

Voici ce moyen, chère nièce :
J'ai dans une armoire, à Scharrach,
Un kirsch de la meilleure espèce ;
Du vrai, que je peux dire *extra*.

Je le possède par bonbonnes....
Quand à ton père j'en offris :
« Je ne veux pas que tu m'en donnes »,
M'a-t-il fait, « quel en est le prix ? »

Lui qui me gâte, chère Blanche,
De janvier en décembre, eh bien !
Quand d'une petite revanche,
Enfin j'ai trouvé le moyen,

Qu'il dise : Non ! m'est chose dure,
Et je me fâcherais tout net,
Si je me sentais par nature
La tête plus près du bonnet.

Puisque ton père me refuse,
Et que je ne puis le forcer
D'accepter mon kirsch, c'est par ruse
Que chez lui je viens le glisser.

Mais, afin que j'y réussisse,
Il faut que l'on m'aide, et je prends,
Dans sa propre fille, un complice
Pour le piége que je lui tends.

Tu ne peux pas, comme ton père,
S'il me plaît de te faire un don,
— Ma nièce n'est pas mon beau-frère, —
A ton vieil oncle dire : Non !

Je te prie, au besoin, t'ordonne
De recevoir, sans dire un mot,
Douze litres d'une bonbonne
Du kirsch dont je parlais tantôt ;

Bien emballés dans une caisse
Que, sous peu, par chemin de fer,
Je ferai partir à l'adresse
De Madame Charles Zuber.

Dès qu'elle te sera remise,
Avec le meilleur des papas
Partage *ton* eau de cerise,
Et, du moins, je ne craindrai pas

Qu'à toi, comme à moi-même, il ose,
Lui qui t'aime tant, refuser.
Et, puisqu'il veut payer la chose,
Qu'il te donne un bon gros baiser,

Que je reprendrai sur ta joue,
Au moment d'un bien doux revoir,
Après l'exil auquel me voue
Quelqu'un... qui... Tu sais?... Chut... Bonsoir[1]!

Montbéliard, 11 novembre 1872.

1. L'auteur venait de passer à Meggenhorn les premières semaines de son exil. Voir la note page 360.

LA MAISON DE CHARLES ROSSEL

Dans le département qu'arrose
De ses flots le Doubs sinueux ;
Aux murs où Georges Cuvier pose
En son bronze majestueux[1] ;
Murs où vint au jour le grand homme,
Avez-vous, peut-être, vu comme,
Brillante à l'azur d'un beau ciel,
Pendante au flanc de la montagne,
S'étale la belle campagne
De mon ami Charles Rossel ?

Non ? Eh bien, que je vous la dise :
A l'extrémité du Faubourg,
Elle est coquettement assise
En un sol d'où planait un *Burg*

[1]. Sur la place Saint-Martin.

Dont on ne voit guère de trace,
Mais dont on nomme encor la place
Citadelle, au temps actuel [1].
La rue, au bas, s'appelle *Haute.*
C'est là que vit heureux mon hôte,
Mon vieil ami Charles Rossel.

Sous des sapins est son entrée.
On monte un peu péniblement...
Une terrasse, bigarrée
De fleurs en prodigue ornement,
Précède le quadrilatère
Dont l'habile propriétaire
Fit, à la fois, campagne, hôtel.
Qu'un ami heurte à sa demeure,
Il est sûr d'avoir, à toute heure,
Bon accueil chez Charles Rossel.

Blanches, à volets gris, deux ailes,
A chaque extrémité pignons,

---

1. La citadelle de Montbéliard, construite vers la fin du xvie siècle, en complément de fortifications dont la première pierre avait été posée le 22 avril 1483, fut démantelée en 1677, par ordre du maréchal de Luxembourg.

Présentent leurs faces jumelles.
De l'une à l'autre nous voyons,
De gracieuse architecture,
Un bâtiment dont la structure,
Au pays de Guillaume Tell,
S'appelle un Chalet. Or, j'insiste
Sur l'éloge, n'étant l'artiste
Autre que mon ami Rossel.

C'est le plus heureux amalgame ;
Et très-élégamment planté :
A droite, Monsieur et Madame,
A gauche, l'hospitalité ;
De n'importe quelle fenêtre,
Un si bel horizon champêtre
Qu'ailleurs rare est de le voir tel ;
Bref, un séjour qui vous enchante.
C'est que, vraiment, elle est charmante
La maison de Charles Rossel.

Eh bien ! c'est dans ce doux asile
Qu'une amitié des temps anciens

Voulut que deux Français, qu'exile
D'Alsace l'arrêt des Prussiens,
Vinssent s'assurer un refuge[1] ;
Et ce vouloir venant d'un juge,
Quoique honoraire, sans appel,
Nous avons admis la sentence,
Et pris appartement en France,
Sous le toit de Charles Rossel.

Ma femme et moi, dans ce cottage,
— Ou ce castel, comme on voudra, —
De l'aile gauche avons l'étage,
Suivant bail qu'on enregistra ;
Bail de trois, six, neuf, où la Prusse
Ne saurait voir un brin d'astuce :
Mon domicile est très-réel ;
Mainte preuve, encor, peut se faire
Que je suis bien le locataire
De mon ami Charles Rossel.

Des quatre articles que m'impose
Ce bail, je n'ai point à parler.

[1] Voir la note page 360.

C'est bien là, convenez-en, chose
Dont nul n'a droit de se mêler ;
Rudes ou doux, je m'en contente ;
Entre nous parfaite est l'entente :
Je suis fort bien audit castel ;
Seulement, et pour ne rien feindre,
Je dis n'avoir pas à me plaindre
Des clauses de Charles Rossel.

D'ailleurs, j'ai stipulé la mienne :
C'est qu'avec sa femme, à son tour,
Sans trop me faire attendre, il vienne
Voir mon alsacien séjour.
Au leur il n'est pas comparable ;
Mais, vrais amis, site agréable,
Bons lits et cordon-bleu tel quel,
Voilà ce que dans mon domaine,
Le châtelain, la châtelaine
Offrent à leurs amis Rossel.

Ce n'est pas l'absence éternelle,
Que m'ordonne un nouveau César :

Revole à Scharrach l'hirondelle,
S'y chauffe au soleil le lézard,
Redonnent mes arbres l'ombrage,
Je rentrerai dans mon village,
A mon foyer, mon pain, mon sel,
Et ma Villa silencieuse
Attendra la journée heureuse
De la visite des Rossel.

Montbéliard, 17 novembre 1872.

NOS NOMS DE FAMILLE

A MA NIÈCE, Mᵐᵉ CHARLES SCHWARTZ

> Comment en vers heureux assiéger Doësbourg,
> Zutphen, Wageninghen, Hardewick, Knotzembourg ?
>
> (BOILEAU.)

Tu m'as dit un jour, ô bijou de nièce !
« Quand pour toi le temps se passe à rimer,
Pas un vers encor, pas un, qui s'adresse
A moi que, pourtant, tu sembles aimer !

T'entendre était bon, et te voir sourire,
Quand, l'hiver dernier, tu nous visitas :

Qu'au moins, cette année, on puisse te lire,
Puisque, jusqu'ici, l'on ne te voit pas ! »

Et je dus songer à te rendre heureuse,
Toi qui m'avais dit que tu le serais
De lire des vers, petite flatteuse,
Que pour toi ton oncle aurait faits exprès.

Mais, voulant y dire, en peintre fidèle,
Tout ce que l'on aime, on admire en toi,
A peine ébauché, j'ai dû, cher modèle,
Laisser le portrait, et voici pourquoi :

Il fallait ton nom dans cette peinture,
Parce que, malgré ce qu'ils ont de fleurs,
Les vers ne sont pas faits de la mixture
Dont sur la palette on prend les couleurs.

Qu'au bas, j'aie écrit : « Portrait de ma nièce »,
Pour l'œil étranger, ce n'eût été rien :
Il eût demandé bientôt : Laquelle est-ce ?
Vous en avez tant, et qu'on dit si bien !

Or, si, pour des vers, ton prénom, Thérèse,
Si joli, si doux, m'a d'abord souri,
Je n'aurais pas pu manier à l'aise
Le nom que tu tiens de ton bon mari :

Comment, puisqu'il faut qu'en vers je m'exprime,
Au monosyllabe y donner accès ?
Il offre au poëte une seule rime,
Dans un mot savant qui n'est pas français.

Juge de l'effet, si, comptant, mignonne,
T'annoncer ainsi : « C'est Madame Schwartz ;
Un vrai diamant ; quel éclat il donne ! »
La rime voudrait que ce fût du quartz !

Et ton nom de fille ! une rime à *gaufre* !
Comme il me mettait l'esprit à l'envers !
Vouloir que *Hofer* se prononce *Haufre* !
C'est, du même coup, le bannir du vers.

Ah ! nos noms si durs ! Quand, hors de l'Alsace,
Nous, si bons Français, nous nous présentons,

A les épeler on fait la grimace,
Et l'on dit de nous : Ce sont des Teutons !

Parôle imprudente et que tenait prête,
Pour nous *annexer,* un bien dur vainqueur !
Mais il a pu voir que, de sa conquête,
Rien n'est Allemand, ni tête, ni cœur.

Et puis, vois encor, Blanche, ta cousine,
Que du nom *Zuber* l'hymen affubla,
C'est madame *Tsoubre!*... Et l'on s'imagine
Qu'on peut employer en vers ces mots-là !

Et le mien ! Il fait ma désespérance,
Quand il veut parfois dans mon vers entrer :
Qu'*aône,* du moins fût sa désinence,
Passe ; mais *aounn!* Comment s'en tirer ?

Du moins voyons-nous qu'église et mairie
Ont en mot plus doux pris soin de changer
Le nom primitif de ta sœur Marie :
Du nom de *Thierry* je puis m'arranger.

Mais pour m'avoir dit avec tant de grâce
Que des vers de moi te feraient plaisir,
Sois, malgré ton nom, la première en passe,
Et par droit d'aînesse, et pour ce désir.

Bien qu'il soit quasi septuagénaire,
Ton oncle a toujours un cœur, quoique vieux :
Au lieu du portrait qu'il eût voulu faire,
Prends ce griffonnage où, faute de mieux,

Il te dit : « Je t'aime, ô chère petite !
Et si tu pouvais ignorer comment,
Va le demander à la marguerite,
Elle répondra son adverbe en *ment*. »

Mulhouse, 8 février 1873.

——————

A Mᵐᵉ EUGÈNE KUHLMANN

Contre nous puisque avec Guillaume
Les Wurtembergeois se sont mis,
Vous pourriez traiter Schiller comme
Étant un de nos ennemis,

Et, dans l'horreur que vous inspire
La ligue qui nous a vaincus,
Quoiqu'il soit innocent, lui dire :
« Teuton, je ne te connais plus! »

Et ne plus revoir qu'en pensée
Ses héroïnes, ses héros :
Stuart, Max, Tell, la Fiancée,
Jeanne, Friedland, Thécla, Carlos ;

Et, que le Suisse ou l'Écossaise,
Que la Sicilienne, ou bien
L'Espagnol, surtout la Française,
Ou le guerrier Bohémien,

Ou sa fille, ou son amant, vienne
Vous tenter comme anciennement,
Répondre, en bonne Alsacienne :
« Tais-toi ! Tu parles allemand. »

Or, il vous serait dur, sans doute,
D'être sourde à leurs grandes voix,
Que l'on admire, qu'on écoute,
Et que l'on plaint, tout à la fois.

Eh bien ! ces voix, qui vont à l'âme
Que vous aimiez tant, je le sais,
Vous pourrez les ouïr, Madame,
Ne vous parlant plus que français :

Prenez ce livre où chaque page
Que retournera votre main,

Vous apporte en notre langage,
Les vers du tragique germain.

Et si les miens de son lyrisme
N'offrent que de pâles reflets,
Madame, par patriotisme,
Trouvez-les bons et lisez-les.

Scharrach, 31 août 1873.

A M. PAUL HICKEL

Quand il vous plut de ne plus faire
Comme premier clerc seulement,
Liquidation, inventaire,
Donation ou testament,
Et tout ce que, communément,
En style fort peu littéraire,
Sur papier du gouvernement,
Minute ou grossoie un notaire,
C'est moi qui, fortuitement,
Vous fis voir en quel lieu, comment,
Vous pourriez être *Titulaire*.

Je fus un peu d'une autre affaire :
C'est de votre acheminement
Vers un acte qui, d'ordinaire,
Quoique non généralement,

Dans le cœur prend commencement,
Mais auquel il est nécessaire
Que le maire, premièrement,
Et le pasteur après le maire,
Accordent solennellement,
Le droit d'avoir son complément ;
Acte qui, financièrement,
— Dans tout la Finance s'ingère, —
A pour autre préliminaire
Un acte beaucoup moins charmant,
Dont le notaire est l'instrument :
Le Contrat, un peu terre à terre,
Qui, synallagmatiquement,
Règle dot, préciput, douaire,
Propres, aquêts, conquêts, augment,
Ou tel ou tel émolument.

Ces mots ne sont, assurément,
Pas de la langue de Cythère,
Ou d'amour, plus vulgairement.

Vous conclûtes très-sagement,
Item, très-fructueusement,

D'abord notarialement ;
Et puis, très-agréablement,
Quand ce fut conjugalement.

Or, de ce double événement,
Vous, double bénéficiaire,
M'en aviez, bien suffisamment,
Remercié verbalement,
Quand, occasionnellement,
Vous m'en avez voulu, naguère,
Remercier bien autrement,
Agissant en millionnaire,
— Ce qu'êtes, fort heureusement,
Ou s'il s'en faut, ne s'en faut guère, —
Et le plus délicatement :

Lorsque mon fils le militaire
Eut, grâce à votre ministère,
Stipulé nuptialement,
Et qu'en ma qualité de père,
Pour ménager son numéraire,
Je fus, en son remplacement,
Faire avec vous le règlement

Des frais et coûts du document,
Vous m'avez dit aimablement :
« Mon cher président, un moment !
Distinguons : L'enregistrement
Et le papier, parfaitement ;
Le reste, non ! Donc, promptement,
Rengaînez votre compliment :
Je n'ai pas mémoire légère ;
Elle se souvient longuement.
Or, pour vous, le mot *Honoraire,*
Mon cœur et mon dictionnaire
L'ont effacé complétement. »

Vous eûtes là, certainement,
Un magnifique mouvement
D'éloquence judiciaire.

Je compris ce beau sentiment,
Et j'acceptai tout bonnement
Votre façon d'agir princière ;
Et ma gratitude première
S'exprima labialement.

Comme second remercîment,

Je vous offre cet exemplaire
Du fameux tragique allemand
Que j'ai traduit à ma manière ;
— C'est *soulter* bien petitement ;
Mais, à le faire grandement,
J'aurais risqué de vous déplaire, —
Et puis, comme accompagnement,
Ce bout de préface où j'insère
Qu'aussi dans moi, mon cher notaire,
Mémoire et cœur, conjointement,
Se souviennent, et chaudement.

N'y croyez pas, uniquement
Sous bénéfice d'inventaire.

Scharrach, 26 août 1873.

PLAINTE

A Mme DE CASTAGNY

Ma voisine de campagne.

QUATORZIÈME SCHARRACHBERGHEIMOISE

> *Si quis canis*.....
> Tant y a.....
> Que la première fois que je l'y trouverai,
> Son procès est tout fait, et je l'assommerai.
>
> (RACINE.)

Voisine, il faut que je vous die
Les deux grandes craintes que j'ai :
C'est, d'abord, le chien enragé,
C'est, en second lieu, l'incendie.

Du fléau le second placé

Dans les deux peurs que je confesse,

Je n'ai jamais souffert, comtesse,

Et ne m'en crois pas menacé.

Mais que du premier je vous parle :

Hier j'en courus le danger,

Et je viens, pour me protéger,

Me plaindre d'un certain *King-Charle.*

Contre les chiens en chair, en os,

Je suis toujours en défiance.

J'aime mieux les chiens de faïence :

Ils n'usent jamais de leurs crocs.

Des chiens, non plus, qu'en sentinelle

Je vois séants à votre seuil,

Je ne crains nul mordant accueil :

Ils sont l'œuvre d'un Praxitèle.

Mais je n'en dirai pas autant

De la bête mal élevée

Que, furieuse, j'ai trouvée,
Hier, chez vous me présentant.

Feu *Fox,* que votre cœur regrette,
— Autre Britannique, sinon
D'origine, du moins de nom, —
Était le chien le plus honnête.

Qu'il me vît venir, ce bon chien,
Sa queue annonçait grande joie ;
Il n'aboyait que comme aboie
Un chien qui dit : Je t'aime bien.

Mais, hier, à peine j'arrive
Que son successeur, — bien Anglais, —
Plick, ose en l'un de mes mollets,
Porter une dent incisive !

Et, sans doute, le polisson
Y plongeait la mâchoire entière,
Si la main d'une chambrière
De lui n'avait pas fait façon.

Vous avez douté que fût vraie
Cette morsure. Je ne puis,
Comme Mascarille, marquis,
Offrir de vous montrer la plaie ;

Mais il m'a bel et bien mordu,
Votre caniche abominable.
Vu le fait, contre le coupable,
Voici l'arrêt que j'ai rendu :

Il sera, de jour, à la chaîne,
Votre terrible épagneul noir ;
Sinon, que je veuille vous voir,
Et qu'abordant votre domaine,

J'avise, aux portes du jardin,
Cette furibonde pécore,
Sur moi prête à lancer encore
Sa dent, peut-être son venin,

De ma canne la plus pesante,
— J'aurai mon gros myrte du Tell[1], —

---

1. Forte canne de défense que le second fils de l'auteur lui a rapportée de l'Algérie.

Mon bras rendra le poids mortel
A la bête inintelligente

Qui, dans sa colère, confond
Les gens, n'importe l'apparence,
Et ne fait pas la différence
Du Président au vagabond,

Ni de la sombre et rude mine
Du voleur ou du mendiant,
Au visage toujours riant
Du vieil ami de ma voisine.

5 septembre 1873.

MA CAMPAGNE

XII

LE PETIT PENDU

Quinzième Scharrachbergheimoise

A MA BELLE-SŒUR, Mme CHARLES HOFER

Là... Sous le toit. — Comment! Pendu ?
Un...? — Allons donc! — S'ôter la vie ?
— Pouvoir n'en eut, pas plus envie :
Il meurt d'un coup inattendu.

Écoutez : Il était heureux ;
Il entrait à peine en ménage ;

Elle et lui, nés dans mon village,
Et mes proches voisins tous deux.

Je les laissais chez moi loger,
Gratis, en bon propriétaire ;
Ils se nourrissaient de mon aire,
De mon jardin, de mon verger.

J'avais maintes fois constaté
Leur sans-gêne et leur turbulence ;
Mais, dans ma villa, leur présence
Avait son utile côté :

Surveillant, les yeux bien ouverts,
Mes fleurs, mes légumes, mes treilles,
Ils les purgeaient des perce-oreilles,
Et des chenilles, et des vers.

Il a subitement péri,
Le pauvret que l'on va dépendre,
Martyr d'un double amour bien tendre,
L'amour du père et du mari :

Mes gens attendaient l'heureux jour
Où, non pas unique, allait naître,
Mais, du coup, sextuple peut-être,
Le premier fruit de leur amour ;

Car toute mère, dans leur clan,
De rare fécondité brille,
Et l'on y voit chaque famille
Se compléter plusieurs fois l'an.

Pour que du froid ne souffrît pas,
Éclose, leur progéniture,
Ils lui seraient bien couverture,
Mais il fallait le matelas :

Ils allaient donc plus ou moins loin,
Alternant en la douce peine,
Chercher duvet, flocon de laine,
Et brin de paille, et brin de foin ;

Et, toujours alternant, chacun,
De tout cela, dans leur logette,

Mettait à former la couchette
Un talent qui n'est pas commun.

Or, lui, fourrageant un matin,
Voilà qu'un hasard fatal mêle
Deux décimètres de ficelle
A son matelassier butin.

Il rentre le chanvre maudit,
Et, pendant que par ma campagne
Va refureter sa compagne,
Dans la couchette il l'arrondit.

Elle revient : C'est à l'époux
A ressortir ; mais, — chose affreuse ! —
La ficelle malencontreuse,
Rejointe en nœud à ses deux bouts,

Ne reste pas fixée au fond
Du petit berceau qu'on fabrique,
Et, par quelque loi de physique,
Se redresse, toujours en rond.

A lui le fil s'est enroulé !
Il l'ignore ; au dehors s'élance,
Et, bientôt, dans l'air se balance,
La tête pendante, étranglé !

La ficelle, accrochant un clou,
De potence avait fait office,
Et mon locataire, au supplice
Avait volé, quittant son trou !

Et sa veuve ne va trouver,
Dans les enfants nés sous ses plumes,
Que de pauvres petits posthumes,
Qu'elle sera seule à couver !

Car je vous ai narré le sort
D'un volatile de l'espèce
Du pierrot dont, pour sa maîtresse,
Catulle a soupiré la mort.

Scharrach, septembre 1873.

MA CAMPAGNE

XIII

LES PIGEONS

Seizième Scharrachbergheimoise

A MA NIÈCE, Mme AUGUSTE THIERRY MIEG

> Blancs colombeaux,
> Êtes bien beaux
> Sur mes tourelles,
> Où, tout le jour,
> De bec et d'ailes,
> Dites : « Amour ! »
> (L'auteur. Ballade inédite.)

Vous n'êtes rien que truandaille,
Vous ne logerez point céans.
(Vieux Noël, cité par MÉNAGE. *Dictionnaire.*)

I

Quand, par acte de notaire,
Voici cent mois de cela[1],

1. Le 10 juin 1865.

Je me vis propriétaire
De ma petite Villa,

Et qu'avec grandes dépenses
J'eus embelli la maison,
Je mis dans les dépendances
Charpentier, peintre et maçon ;

Et j'y fis, dans la toiture,
Pratiquer un pigeonnier,
En pendant d'une ouverture
Qui donne jour au grenier.

D'irréprochable origine
J'en choisis les habitants,
Plus blancs que la blanche Hermine,
Plus purs qu'un jour de printemps ;

De race toute mignonne,
Et formant, — à nombre égal
Le Pigeon et la Pigeonne, —
Triple couple conjugal.

II

De peur que leur géniture
A chiffre trop haut n'en vînt,
Je dis, par sage mesure :
« Qu'ils ne soient jamais que vingt !

Ce nombre réglementaire
Une fois là, qu'aussitôt,
Tout pigeon supplémentaire
Me soit, ou salmis, ou rôt !

Qu'à la pitié l'on se laisse
Aller pour ces innocents,
Aux amateurs de l'espèce
Octroyez-les ; j'y consens.

Dans leur blancheur primitive,
Que l'un d'eux ne soit pas né,
Défense, encore, qu'il vive ;
Défense qu'il soit donné ! »

III

Et de mes blancs, *Grosse gorge*,
Le sextuor installé,
Eut à discrétion l'orge,
Le sarrazin et le blé.

Autour du tronc d'un platane,
Dans ma cour, leur fut tressé
Comme un panier de liane,
Où tout ce grain est versé.

Des arbres, des toits, par bande,
Le moineau, peuple indiscret,
Est le premier qui descende
Dès que le repas est prêt ;

Aux pigeons il le dispute,
Et, toujours, mes malvenus
Obtiennent dans cette lutte
Plus que l'oiseau de Vénus.

IV

Lorsque tourne en mon cottage
Le bel escadron volant,
Que sur le vert du feuillage
Fait bien son plumage blanc !

Qu'une volte le ramène
Au petit canal où l'eau
Lui tombe de ma fontaine,
Encor quel joli tableau !

Dans la limpide rigole
L'un se baigne, un autre boit ;
Plus d'un roucoule, et revole,
Mais à deux, sur quelque toit ;

Et l'y voilà, haut la tête,
Rengorgé, pirouettant,
Pour qu'avec lui l'on répète
Le duo : Je t'aime tant !

V

Chez mes gens plus d'un faux frère,
Par la mangeoire séduit,
Et pour cause moins légère,
Hélas ! s'était introduit.

Sous leur robe bigarrée,
Soupe en vin, Heurté, Maurin,
Vinrent à la picorée,
D'abord, maraudant mon grain.

Ce me fut pire infortune
Quand, parfois, un peu plus tard,
Tache grise, noire, ou brune
Me révélait un bâtard.

Quelque épouse cédait-elle
A la voix d'un séducteur ?
Ou bien quelque veuve à celle
D'un forain consolateur ?

De blanches inapairées
En hâte avaient-elles pris,
Dans des tribus diaprées,
Des pis-aller de maris ?

N'importe ! Mésalliance,
Faiblesse, infidélité,
Le scandale en sa croissance
Eut besoin d'être arrêté.

On chassait les pique-assiette
Qui s'engraissaient de mon grain ;
Les quémandeurs d'amourette
Aux dépens de leur prochain.

C'était trop molle justice :
Toujours quelque nouveau-né
De la tache accusatrice
Se faisait voir inquiné.

Et mon ordre étant d'occire
Tout ce qui serait métis,

Mes menus toujours d'inscrire :
« Pigeons sautés », ou « rôtis » ;

Et ces morts, renouvelées,
Réduisaient du pigeonnier
Les paires immaculées,
Presque à leur chiffre premier.

VI

Donc, un jour qu'en forte bande
Venaient au fruit défendu
Mes pigeons de contrebande,
Moi, l'indicateur tendu

Vers la troupe parasite,
A mon maître des jardins :
« Votre fusil », dis-je, « et vite !
Tuez-moi tous ces gredins ! »

Un pigeon du voisin Pierre
Et deux du voisin Michel,

Trois de race aventurière,
Reçurent le plomb mortel ;

Le reste prit sa volée....
Ce vigoureux coup d'État,
Dans toute la gent ailée
Eut le meilleur résultat :

Plus d'étranger qui me vienne
Satisfaire dans ma cour,
Ou sa faim quotidienne,
Ou quelque illégal amour.

Plus d'épouses infidèles,
De veuves à consoler,
De pigeonnes jouvencelles
Qu'un intrus puisse enjôler.

Et de mes pigeons sans tache,
Le clan, redevenu pur,
Comme autrefois se détache,
Brillant, sur mon ciel d'azur.

10 octobre 1873.

LE CHEVREUIL

A Mme LOUIS SCHUTZENBERGER

DIX SEPTIÈME SCHARRACHBERGHEIMOISE

> Se peut-il qu'un mortel
> Sous des dehors si doux ait un cœur si cruel ?
>
> (VOLTAIRE.)
>
> Mis à mort pour ses crimes.
>
> (CASIMIR DELAVIGNE.)
>
> Tu ne mangeras le sang d'aucune chair.
>
> (LÉVITIQUE.)

La Bohême était sa patrie.

Un jour, des braconniers l'avaient pris dans leurs rets,

Et, depuis, il vivait dans une hôtellerie,

Sans, pourtant, y sembler regretter ses forêts.

Il était encore en bas âge :
L'étrange citadin comptait au plus six mois.
Avec le chien, le chat, il faisait bon ménage,
Prenant sur leur pitance en l'écuelle de bois.

Léger comme toute sa race,
Il allait et venait en pleine liberté....
Un touriste, rentrant de Bohême en Alsace,
L'avait de l'aubergiste à haut prix acheté ;

Et sur la terre alsacienne,
Qu'à la France a ravie un injuste destin,
Au château de Scharrach, manoir de date ancienne,
Il en était venu faire d'ou un matin.

Sa sœur, — c'était la châtelaine, —
A tous les animaux portait un grand amour :
Sur deux ou quatre pieds, poil, plume, en son domaine
Ils étaient lui formant une espèce de cour.

Leur joie était universelle
A la voir : Elle entrait, s'asseyait, et, soudain,
Tout ce peuple accourait autour d'elle, sur elle,
Becqueter ou lécher, et sa joue, et sa main.

II

Au début, l'étrangère bête,
Douce encor, du séjour eut l'air de s'arranger :
Elle laissait baiser sa gracieuse tête,
Et dans la main tendue elle venait manger.

C'était caresse sur caresse
Pour le gentil Chevreuil. Aussi, que de jaloux !
Ses compagnons trouvaient que leur jeune maîtresse
Faisait pour lui tout seul autant que pour eux tous.

Il était en faveur si haute
Qu'en ses appartements elle voulut l'avoir,
Et, sans qu'il y commît jamais la moindre faute,
Il fut le familier du Salon, du Boudoir.

O fallacieuses prémices !
Comme Caïus, de Rome, hélas ! pourquoi faut-il
Qu'il n'ait que pour un temps, aussi, fait les délices
Du Château ? Pourquoi l'or se changer en plomb vil ?

III

Quand il fut hors d'adolescence,
Certain besoin d'aimer sembla poindre en ses yeux,
Et, pour y satisfaire, on mit en sa présence
Ce qu'en fait de Chevrette on pouvait voir de mieux.

Mais à son aspect, ô surprise !
Sur ses vrais sentiments soit qu'on ait fait erreur,
Soit qu'en elle il n'ait pas reconnu de payse,
Sur la pauvre petite il se jette en fureur..!

Une tentative nouvelle
De la faire agréer fut vaine. On partagea
L'enclos qu'on avait fait pour elle et lui ; mais elle,
Pour le beau dédaigneux d'amour brûlait déjà.

A la pauvrette, en ses montagnes,
Plus d'un ruisseau bien clair, plus d'un broquart galant
Avait dit qu'elle était belle entre ses compagnes :
Pourquoi, de l'étranger, cet accueil insolent ?

Malheureuse, mais résignée,
Elle passait ses jours à voir, à quelques pas
Seulement, le cruel qui l'avait dédaignée.
Comment, d'elle adoré, d'elle ne vouloir pas !!

Pour elle il resta cœur de roche,
Et, sans qu'on sût pourquoi, sa rage alla croissant.
Il ne voulut bientôt souffrir aucune approche,
Et son bois s'inclinait sans cesse menaçant.

Sa maîtresse, pour lui si bonne,
Les enfants, qui, d'abord, ne l'avaient vu que doux,
Le varlet qu'on chargeait de le nourrir, personne
N'osait plus affronter son permanent courroux.

Un jour, il franchit la barrière
Où dans l'isolement il vivait prisonnier.
Des dames du castel, au parc, dans la clairière,
Seule, l'une lisait sous le grand marronnier.

L'échappé sur elle se rue ;
Elle résiste en vain pendant quelques moments.

A temps encore elle est contre lui secourue,
Mais en lambeaux, déjà, pendaient ses vêtements[1].

IV

La seigneuriale justice,
— J'entends tout le château, qui se voit menacé
Des mêmes attentats, — crie : « Il faut qu'il périsse ! »
Une voix seule manque à l'arrêt prononcé ;

Et c'est la voix de sa maîtresse :
« Barbares ! Le tuer ! Ah ! l'oserez-vous bien ? »
Dit-elle ; « il s'est fait voir si bon dans sa jeunesse !
Il le redeviendra : Ne précipitez rien ! »

Et l'on suspendit la sentence.
Le condamné, pourtant, ne se corrigea pas.
Ses juges, convaincus de son impénitence,
Moins une voix encor lui dirent : « Tu mourras ! »

---

1. Quelque privés qu'ils puissent être (les chevreuils), il faut s'en défier. Les mâles, surtout, sont sujets à des caprices dangereux, à prendre certaines personnes en aversion, et alors ils s'élancent en donnant des coups de tête assez forts pour renverser un homme, et ils le foulent encore avec les pieds quand ils l'ont renversé.   (Buffon.)

Mais qui frappera le coupable ?
Fuyant devant les chiens, au milieu des taillis,
Du moins tomberait-il sous un plomb honorable ;
Mais le tuer à froid, derrière son lattis !

On discuta dans l'assemblée
Si l'on se bornerait à lâcher le méchant :
Non : La bête serait pirement immolée
Au coin de quelque mur, au bout de quelque champ.

Et la sensible châtelaine
Espéra qu'à la mort elle l'avait soustrait,
Mais lui-même hâtait le moment de sa peine,
Devenu chaque jour pire qu'avant l'arrêt.

L'exécution capitale
Bien décidée enfin, ce fut toujours à qui
Dans le front de Mouchky n'enverrait point la balle :
Je n'ai pas dit encor qu'il avait nom Mouchky.

V

Le Hasard, qui souvent nous tire
D'embarras bien plus grands, au maître du château

Vint offrir le moyen que je m'en vais vous dire,
De n'être, ni d'avoir à fournir le bourreau.

Dans Strasbourg, un très-riche père,
A sa fille était près de donner un mari.
Il voulait pour la noce une splendide chère,
A surpasser Véfour, et Brébant, et Véry.

Il fallait au repas d'élite
Des gibiers que n'eût point atteints le plomb mortel
Et qu'on sacrifiât d'après un ancien rite :
La noce se faisait en peuple d'Israël.

Or, sa Loi voulait une bête
A présenter vivante au sacré coutelas ;
Et le Chevet local était à bout de quête :
Un gibier qui vécût à lui ne s'offrait pas.

Dans cette autre et suprême crise
Le Hasard secourut aussi le fournisseur :
« Elles auront, « dit-il, » tes tribus de Moïse,
Un gibier mis à mort par autre qu'un chasseur. »

Et courtement il lui raconte
L'histoire de Mouchky. Mon Chevet, aussitôt,
Fait atteler, s'habille, en sa voiture monte,
Et, ventre à terre, vient de la ville au château.

Au châtelain, d'un ton fébrile,
Alors : Vit-il encor ? — Comment ! C'est vous, un tel ?
Qu'avez-vous donc ? — Je suis sous le coup d'une tuile,
Dont, pourtant, on ne meurt que quand on est Vatel.

Et puis, il dit sa noce juive ;
Qu'à lui fournir gibier il se trouve impuissant,
Le Talmud exigeant la bête encore vive,
Pour, avant qu'on la mange, en tirer tout le sang ;

Qu'on lui révéla l'existence
Du chevreuil qu'à Scharrach, captif, attend la mort :
L'avoir vif, conclut-il, me serait une chance,
Que (sauf remboursement), je paîrais à prix d'or.

— Eh bien ! Service pour service ;
Répond le châtelain ; tirons-nous de souci :
Le sacrificateur remplira son office ! .
Je m'en lave les mains ! Quant à votre or, merci !

Mais, malgré son mot de Pilate,

Le châtelain sortit le cœur tout barbouillé,

Pour lancer au chevreuil, entre une double latte,

Un adieu qu'un regard accompagna mouillé.

VI

Et Mouchky hors de son enceinte

A l'écart fut mené. Le glaive-couperet

Dont brèche ne doit onc souiller la lame sainte [1],

Brilla hors de sa gaîne en un sinistre apprêt.

Quand le dernier préliminaire

Fut accompli selon que, dans la *Gemmara,*

Asser [2] veut qu'il soit fait, alors le victimaire

D'un coup acheva l'œuvre, et la bête expira.

1. Talmud.

2. Célèbre docteur juif, auteur du *Talmud de Bâbylone,* qui a prévalu sur le Talmud dit *de Jérusalem.* La première partie, la *Mischna* (répétition de la Loi), renferme le texte du droit civil et canonique des Hébreux. Elle a été écrite par le rabbin Juda, dit le Saint. La seconde partie, la *Gemmara* (complément), est la glose d'Asser. Il mourut avant de l'avoir achevée. Elle fut continuée par ses enfants et par ses disciples. On y a fait, de temps en temps, des additions.

Il remit, avec la victime,
Un papier où son seing avait certifié
Que Mouchky pour les Juifs était mets légitime,
Ayant *talmudement* été sacrifié.

Mais on ne servit que le rable
Du ruminant, occis *judaïco more* :
Telle partie en est partie *abominable* [1],
Telle autre au beau menu trop mal eût figuré.

VII

Quand se passa l'horrible drame,
La châtelaine était absente, et l'on n'a pas,
Jusqu'à présent encore, obtenu que la dame
De son pauvre Mouchky pardonne le trépas.

Octobre 1873

1. Lévitique.

LES CHEVEUX HUMIDES

D'après une imitation, en allemand, d'une chanson lithuanienne.

A MA BELLE-FILLE, Mme ALBERT BRAUN

C'était un matin aux clartés splendides ;
Je rentrais des prés, bien joyeuse au cœur ;
Maman m'attendait : Tes cheveux humides !
Pourquoi ? me dit-elle. Et moi j'eus grand'peur :

— C'est que j'ai porté ma seille trop pleine,
Revenant du puits. — Non, ma fille ment :
C'est qu'au point du jour tu fus dans la plaine,
Où tu savais bien trouver ton amant.

— Eh bien ! oui ; pardon, ma mère chérie :
Il désirait tant qu'au lever du jour
Je vinsse pour lui jusqu'à la prairie !...
Il m'a dit longtemps, longtemps, son amour ;

Et longtemps quelle est sa chère espérance...
Il me la disait des pleurs dans les yeux....
Ma mère, voilà pourquoi mon absence,
Et voilà pourquoi mouillés mes cheveux.

Mulhouse, décembre 1873.

MA CAMPAGNE

XIV

LE COCHET

DIX-HUITIÈME SCHARRACHBERGHEIMOISE

A Mme LOUIS SCHUTZENBERGER

I

Dans le modeste séjour
Qui me vaut, en ce village,
Votre aimable voisinage,
Je n'ai point de basse-cour.

A l'établir, je craindrais
Qu'à prix trop peu raisonnable
N'arrivassent sur ma table
Mes volailles, mes œufs frais.

Après l'hiver, toujours dur,
Et cinq mois d'odeurs de ville,
Dans ce Scharrach, si tranquille,
Quand je reviens en air pur ;

Et que, de ce moment-là
Jusqu'aux derniers jours d'automne,
L'hospitalité se donne
Dans ma petite Villa ;

Pour être prêt aux hasards
Des subites arrivées,
J'y fais entrer, par couvées,
Des poulets et des canards.

Dans un coin, près du chenil,
Ma cuisinière les parque,
Et, plus tard, nouvelle Parque,
De leurs jours tranche le fil.

Forcés de se concentrer
Dans leur étroite clôture,
Ils ne vont, à l'aventure,
Barboter ni picorer.

Mais ils n'ont point à pâtir
Longtemps de ce provisoire :
Casserole ou rôtissoire
Les en fait bientôt sortir.

II

Chez vous c'est tout autrement :
Comme la fièvre ennemie
De la princesse Uranie,
Sont logés superbement

Vos poulets grands et petits,
Et comme ils y sont en foule,
Un temps assez long s'écoule
Avant qu'ils ne soient rôtis.

Jusque-là, grande est pour eux
Votre attentive tendresse;
On sait combien leur maîtresse,
Tous les jours, les rend heureux.

Or, en grand émoi, je viens
Vous soumettre ma requête,
Dans l'intérêt d'une tête
De ces poulets qui sont miens :

De ce qu'il m'en reste encor
Quand mon départ est tout proche,
Je veux sauver de la broche
Un cochet brillant comme or :

Les magnifiques couleurs !
La belle crête écarlate !
Sur son cou quel jaune éclate !
Son corps est comme de fleurs.

Le poitrail noir, fauve, argent ;
Les ailes à teinte bleue ;
Vert d'émeraude la queue,
En aigrette voltigeant.

Je sens au cœur comme un choc
A songer, chère voisine,
Que l'on veut, en ma cuisine,
Tuer ce beau petit coq.

Dites, — le cas est pressant, —
Vous, à mon aide appelée,
Que de votre cour ailée
Soit mon bel adolescent !

Et, de votre main, qu'il ait,
Et caresses, et pitance,
Ainsi qu'elle les dispense
Même à son moindre poulet.

Calme de cœur, jusqu'ici,
Pour n'avoir vu que des canes,
Qu'il ait chez vous ses sultanes,
Aux jours d'amoureux souci !

(Vous trouverez, je le crois,
Tout naturel qu'un poëte,
Parlant d'un coq, se permette
D'être quelque peu Gaulois.)

Vous consentez, n'est-ce pas ?
A ce que je vous l'envoie,
Et nous avons cette joie
De l'arracher au trépas.

III

De votre antique château,
Châtelaine si charmante,
Au doux nom qu'avait l'amante
Du Montaigu Roméo,

Mettez qu'il ne tînt qu'à moi,
Et que je sois jeune encore,
Pour mon chantre de l'aurore
Nous pourrions créer emploi :

Après mutuel aveu
Des sentiments qu'Amour donne,
Des deux amants de Vérone
Nous répéterions le jeu :

Je serais le Montaigu,
Vous seriez ma Capulette,
Et, remplaçant l'alouette,
C'est mon coq, au chant aigu,

Qui, nous gardant des jaloux,
Et quand viendrait l'aube luire,
Le lancerait pour nous dire :
« Mes enfants, séparez-vous ! »

Mais, poison ni fer n'aurait
A raccourcir notre trame,
Et c'est tous les jours, Madame,
Que notre coq chanterait.

Octobre 1874.

LES 16 MAI

1825 — 1850 — 1875 *

> Les mers, si nous voguons ensemble,
> N'ont pas de courroux dont je tremble,
> Je m'y berce en paix sur ta foi.
>
> (M. Victor de Laprade.)

En navigateurs dont le cœur se fie

Aux flots d'une mer, malgré ses gros temps,

ur leur bâtiment LE JEAN-ET-SOPHIE,

ıs étaient partis, voici cinquante ans :

---

* Pour le dîner où se célébraient à la fois, à Mulhouse, le 50ᵉ anniversaire
du mariage de M. Jean Mantz avec Mˡˡᵉ Sophie Blech, parents de l'auteur,
le 25ᵉ anniversaire du mariage de leur fille Mathilde avec M. Henry Spœrry,
et le mariage de leur petite-fille, Mˡˡᵉ Cécile Spœrry, avec M. Jean Vaucher.

Dieu leur a donné, dans leur long voyage,
Presque tout beaux jours, bien peu d'attristés,
Et nous les voyons rentrant au rivage,
Par un soir tout plein de douces clartés.

Mettant confiance en sa bonne étoile,
Vingt-cinq ans plus tard, et sur la même eau,
Un autre équipage étendait sa voile :
Le Henri-Mathilde était son vaisseau.
De son devancier, le second navire
Portait les couleurs, suivait le sillon,
Et, de même, il voit le ciel lui sourire...
Il flotte encor haut, l'heureux pavillon.

A son tour, voici, lesté d'espérance,
Sur sa quille encore à se balancer,
Un autre navire, et de la même anse
Que ses deux anciens, prêt à se lancer :
Il est bien gréé, Le Jean-et-Cécile !
Nous allons le voir partir aujourd'hui,
Et la mer qui fut aux autres docile,
Il la trouvera docile pour lui.

Et toutes ces nefs, en même journée,

Au quart, à moitié du siècle, aux trois quarts,

Un seize de Mai, le mois de l'Année

Qu'on dit le meilleur pour de tels départs,

Le mois où tout aime, où, dans la Nature,

Tout de son printemps chante le retour,

Auront déployé leur jeune voilure,

En course au pays d'hymen et d'amour.

Et nous, conviés à l'anniversaire

Du jour où mettaient en mer leurs agrès,

Notre cher vaisseau demi-séculaire,

Et celui parti vingt-cinq ans après ;

Qui fêtons aussi celui qui commence

Le voyage fait par les deux premiers,

— On l'a retenu longtemps en partance,

Bien qu'il eût déjà reçu ses papiers [1] ; —

Nous le saluons, le triple équipage :

Celui qui déjà regagne le port,

Et celui qui n'est qu'à demi-voyage,

---

1. M. Vaucher et M\ll\e Spœrry s'étaient filialement résignés à rester fiancés pendant dix mois, pour être mariés le jour du double anniversaire.

Et l'impatient de quitter le bord.
De parents, d'amis ce nombreux cortége
Leur dit simplement : « A la Noce d'Or !
A celle d'Argent ! Et que Dieu protége
La Noce qui n'a pas de nom encor ! »

Chers époux, doyens des six que l'on fête,
Que Dieu, prolongeant votre heureux chemin,
Vous accorde encor la suprême fête
Qu'on célèbre après soixante ans d'hymen !
Et vous, quatuor qui suivez leur trace,
D'un amour égal au leur vous aimant,
Que, de Noce en Noce aussi, Dieu vous fasse
Aller des métaux jusqu'au diamant !

SONNET

A MA PETITE-FILLE EDMÉE

(II ans)

Tu veux avoir de ton grand-père
L'attestation par écrit,
Mon enfant, que tu m'es bien chère ?
Oui, ton grand-père te chérit :

J'aime ton heureux caractère,
Ton beau regard qui me sourit ;
J'aime ton âme sans mystère ;
J'aime ton cœur et ton esprit.

Tu m'es une adorable fille ;
En tout je te trouve gentille ;
Tu n'as rien de l'enfant gâté.

Tu sais bien cet amour, Edmée :
Pourquoi veux-tu, ma bien-aimée,
L'avoir par écrit attesté ?

Scharrach, 29 octobre 1875.

LE VIEUX CHEVAL

A M. CHARLES POTRON

Sous ma fenêtre, à ma toilette,
Je vois passer un char bien lent,
Attelé comme du squelette
D'un cheval qui, jadis, fut blanc.

De points bruns, qui semblent de suie,
Par la vieillesse il est marqué.
Les gouttes d'une grosse pluie
Tombent sur son corps efflanqué.

C'est avec effort qu'il charrie,
Dans le sol détrempé marchant,

Ce charbon qu'ici l'industrie
Demande à Saarbrück, à Ronchamp

Ses restes disent qu'au jeune âge
Il eut la force et la beauté.
Peut-être, maint grand personnage,
Le noble animal l'a porté.

Peut-être, aux batailles, son maître
Lui dut-il d'avoir triomphé.
En pompeux cortége, peut-être,
Sous le vainqueur a-t-il piaffé.

Ou, dans de plus calmes années,
En des carrosses de gala,
Mené des têtes couronnées,
Avant d'en être arrivé là.

Et maintenant la pauvre bête,
Ce coursier qui fut jeune et beau,
Bien tristement penchant la tête,
Ne traîne plus qu'un tombereau !...

Je fais un retour sur moi-même
A voir ce cheval, et me di
L'universel épiphonème :
Sic transit gloria mundi.

Mulhouse, 24 décembre 1875.

FIN.

I.

On attribue généralement à Marie Stuart la chanson où l'auteur a pris, en y changeant un peu, la 3ᵉ épigraphe de son Ode. Ainsi, M. de Sévelinges (*Biographie universelle,* de Michaud) ; ainsi, tout récemment, M. Béchard (*Réhabilitation de Marie Stuart.* — *Journal officiel de la République française,* du 30 mai 1875.)

M. Édouard Fournier, qui ajoute aux convaincus M. Dargaud, auteur d'une *Histoire de Marie Stuart* (1850), établit jusqu'à la dernière évidence (*l'Esprit dans l'Histoire.* 1857, page 109), que cette chanson est de Meusnier de Querlon.

On sait, par Brantôme, qui était l'un des gentilshommes qui ont accompagné Marie Stuart jusqu'en Écosse, que, le vaisseau qui l'emportait une fois sorti du port, la malheureuse reine se prit à fondre en larmes et ne cessa de répéter jusqu'à la tombée du jour : « Adieu, France ! »

C'est pendant cette première expression de sa douleur que, selon M. Sévelinges, Marie Stuart aurait composé sa chanson.

On peut en douter. On peut admettre, au contraire, que le récit de Brantôme ait donné l'idée d'un pastiche à l'auteur du *Mémoire historique sur la Chanson en général, et, en particulier, sur la Chanson française,* mémoire qui sert de préface à l'*Anthologie.*

II.

La *Revue suisse*, de Neuchâtel, a donné les premiers fragments de la traduction du *Théâtre* de Schiller, entreprise par l'auteur : Le Prologue de la
Pucelle d'Orléans, la scène IV de l'acte premier de *Guillaume Tell*, et, en
entier, (1849) *Don Carlos*, dont quelques exemplaires ont été tirés à part.

L'auteur a fait imprimer successivement : En 1858, *Trois tragédies de
Schiller* (*Don Carlos, la Pucelle d'Orléans, Guillaume Tell*), 1 vol. in-12 ;
en 1861, *Marie Stuart*, 1 vol. in-8° ; en 1864, *Wallenstein* (*le Camp de Wallen-
stein, les Piccolomini, la Mort de Wallenstein*), 1 vol. in-8° ; en 1867, *la
Fiancée de Messine*, 1 vol. in-8°. Ces quatre volumes sortent de l'imprimerie
Silbermann, à Strasbourg.

Une édition complète de cette traduction, corrigée par l'auteur, a été
publiée par la maison Berger-Levrault. Strasbourg et Paris, 1870, trois
splendides vol. grand in-8°.

L'ouvrage a été couronné par l'Académie française, dans sa séance publique du 8 août 1872.

III.

« Pendant qu'on parle belles-lettres aux jeunes gens, un instinct secret,
une voix intérieure mieux écoutée leur crie : laissez les livres et faites fortune! Cette France, qui, pendant des siècles, n'a pas eu de plus grande
passion, après la guerre, que celle de la philosophie et des lettres, serait-elle
donc destinée à n'être plus qu'un vaste atelier, qu'un immense comptoir ?
Dans cent ans, dans cinquante ans, lira-t-on encore Corneille, Racine,
Bossuet, Voltaire ? Les comprendra-t-on ? Ne sera-t-on pas plus loin d'eux
par les idées que nous ne le sommes des Latins et des Grecs par la langue ?
Et nous, avec notre goût obstiné pour les lettres, ne sommes-nous pas déjà
bien arriérés ? Heureusement ce goût récompense assez par lui-même ceux
qui l'ont. Quel chagrin n'adoucit-il pas ? Quel plaisir ne fait-il pas trouver
dans une vie simple et pauvre ? De combien de bons sentiments n'est-il pas
le père et le soutien ? »

(M. S. de Sacy. *Variétés littéraires, morales et historiques*.)

IV.

Le journal *l'Alsace*, dans son numéro du 23 juillet 1873, a consacré le paragraphe 5 de sa *Chronique artistique d'Alsace* à M. Joseph Hugelin, et mentionne, parmi ses œuvres principales, le poéle de la salle à manger de l'auteur, dans sa campagne de Scharrachbergheim : « Cet immense poéle », dit l'article, « d'un style fantaisiste, dont chaque carreau représente une de nos ruines d'Alsace. »

V.

Cette fin de vers, attribuée fréquemment à tel ou tel des grands poëtes latins, est de Terentianus Maurus, grammairien de la fin du 1er siècle de notre ère, et se lit dans son poëme *De litteris, syllabis, pedibus et metris.*

Voici le vers entier, qui donne un sens restreint aux quatre mots de cette même fin, dont il est fait d'ordinaire une application plus générale :

Pro captu lectoris, habent sua fata libelli.

Martial, épigramme 87, livre I, nomme cet auteur, qui était alors gouverneur romain à Syène, dans la haute Égypte :

Tam longe est mihi quam Terentianus,
Qui nunc Niliacum regit Syenen.

(Voir l'*Esprit des autres*, par M. Édouard Fournier, et la *Biographie universelle* Michaud, supplément, tomes LXXIII et LXXXIII.)

VI.

Mme de Staël a dit de Schiller :

« C'est une belle chose que l'innocence dans le génie et la candeur dans la force. »

(*De l'Allemagne.* Première partie, ch. VIII.)

VII.

Ils n'ont pas pris pour eux ces recommandations de Frédéric le Grand :

Dans le cours triomphant de vos destins prospères,
Soyez humains et doux, généreux, débonnaires,
Et que tant d'ennemis, sous vos pieds abattus,
Rendent un moindre hommage
A votre ardent courage
Qu'à vos rares vertus.

(Poésies diverses, *Ode aux Prussiens.* Berlin, Chrétien-Frédéric Voss, 1760. 1 vol. in-4°.)

VIII.

Dans sa séance publique du 8 août 1872. L'auteur en exprime ici sa reconnaissance à MM. les membres de la Commission appelée à se prononcer sur cette traduction *, à l'Académie tout entière, et particulièrement à M. D. Nisard et à M. S. de Sacy, qui ont bien voulu patronner auprès de l'illustre aréopage le livre de leur ancien collègue au Conseil de l'instruction publique.

IX.

« L'auteur, ancien conseiller à la cour de Colmar, président du Consistoire supérieur et du Directoire de l'Église de la Confession d'Augsbourg, a siégé, en cette qualité, dans le Conseil de l'instruction publique, où l'ont

---

* Cette Commission était composée de MM. de Sacy, Bernard et Patin, membres du bureau, et de MM. Cuvillier-Fleury, Lebrun et Legouvé. Ce tardif hommage de l'auteur n'arrivera plus à MM. Lebrun et Patin.

connu et apprécié plusieurs membres de l'Institut. Les loisirs que lui laissaient ses graves devoirs, il les a consacrés à traduire, le premier, le *Théâtre*
entier de Schiller, en vers simples et faciles, non exempts parfois de quelque faiblesse, mais d'un ton toujours naturel, d'une allure dramatique, suivant avec aisance le mouvement de la composition et celui de chaque scène.
La grandeur et le succès de l'entreprise ont déterminé le choix de l'Académie ; elle a été heureuse en même temps de pouvoir honorer d'une marque
publique d'estime et d'intérêt un des plus distingués parmi ces fils de l'Alsace qui n'ont pas voulu se séparer de la France, qui sont restés Français.
Le prix décerné à M. *** sera comme une consécration de sa nationalité,
disputée à la conquête et généreusement maintenue. »

(Rapport de M. Patin, secrétaire perpétuel de l'Académie française, sur
les Concours de 1871 et 1872. Séance publique du jeudi 8 août 1872.)

TABLE

SECONDE PARTIE. 1851-1875.

Nancy. — Imp. Berger-Levrault et Cⁱᵉ.

ERRATA

Page 153, vers 9ᵉ, au lieu de :

Qu'il eût *coûté,* eh bien ! je la donne à cet homme.

lire :

Qu'il eût *coûtée,* eh bien ! je la donne à cet homme.

Page 307, vers 11ᵉ, au lieu de :

Un jour qu'ils s'en allaient de noce *dans* un village,

lire :

Un jour qu'ils s'en allaient de noce *en* un village.

Page 262, vers 5ᵉ, au lieu de :

De ce qu'il fut pour moi dans *ce* temps de souffrances,

lire :

De ce qu'il fut pour moi dans *ces* temps de souffrances.

Page 451, table, ligne 25, au lieu de : 361, lire : 363.

NANCY. — IMPRIMERIE BERGER-LEVRAULT ET Cie

www.ingramcontent.com/pod-product-compliance
Lightning Source LLC
Chambersburg PA
CBHW070751030726
47504CB00003B/518